Rainer Maria Rilke liebte den Frühling – und er war ein genauer Beobachter der Jahreszeit: vom ersten Schmetterling an einem Apriltag über einen auf den Rücken gefallenen Marienkäfer bis zu den Stiefmütterchen im Beet, die beizeiten zu früh aus der Erde kommen, »wie Kinder, die ausgeschlafen haben und durchaus nicht mehr im Bett bleiben wollen«. Er hörte genau hin, wenn Amsel, Fink, Meise, Lerche und Nachtigall freudig die neue Jahreszeit begrüßen.

Rainer Maria Rilke, geboren am 4. Dezember 1875 in Prag, ist am 29. Dezember 1926 in Val-Mont (Schweiz) gestorben. Zuletzt im insel taschenbuch erschienen: *Weihnachten mit Rainer Maria Rilke* (it 3641), *Hiersein ist herrlich* (it 3649) und *Die schönsten Gedichte* (it 4053).

insel taschenbuch 4118

Rainer Maria Rilke

Frühling

Rainer Maria Rilke

FRÜHLING

Ausgewählt von Thilo von Pape

Insel Verlag

Umschlagabbildung: akg-images

insel taschenbuch 4118
2. Auflage 2012
Erste Auflage 2012
Insel Verlag Berlin 2012

Vertrieb durch den Suhrkamp Taschenbuch Verlag
Quellennachweise am Schluß des Bandes
Umschlaggestaltung: bürosüd, München
Satz: Hümmer GmbH, Waldbüttelbrunn
Druck: CPI – Ebner & Spiegel, Ulm
Printed in Germany
ISBN 978-3-458-35818-3

Frühling

Blättert zurück in euren Tagebüchern! War da nicht immer um die Frühlinge eine Zeit, da das ausbrechende Jahr euch wie ein Vorwurf betraf? Es war Lust zum Frohsein in euch, und doch, wenn ihr hinaustratet in das geräumige Freie, so entstand draußen eine Befremdung in der Luft, und ihr wurdet unsicher im Weitergehen wie auf einem Schiffe. Der Garten fing an; ihr aber (das war es), ihr schlepptet Winter herein und voriges Jahr; für euch war es bestenfalls eine Fortsetzung. Während ihr wartetet, daß eure Seele teilnähme, empfandet ihr plötzlich eurer Glieder Gewicht, und etwas wie die Möglichkeit, krank zu werden, drang in euer offenes Vorgefühl. Ihr schobt es auf euer zu leichtes Kleid, ihr spanntet den Schal um die Schultern, ihr lieft die Allee bis zum Schluß: und dann standet ihr, herzklopfend, in dem weiten Rondell, entschlossen mit alledem einig zu sein. Aber ein Vogel klang und war allein und verleugnete euch. Ach, hättet ihr müssen gestorben sein?

Vielleicht. Vielleicht ist das neu, daß wir das überstehen: das Jahr und die Liebe. Blüten und Früchte sind reif, wenn sie fallen; die Tiere fühlen sich und finden sich zueinander und sind es zufrieden. Wir aber, die wir uns Gott vorgenommen haben, wir können nicht fertig werden. Wir rükken unsere Natur hinaus, wir brauchen noch Zeit. Was ist uns ein Jahr? Was sind alle? Noch eh wir Gott angefangen haben, beten wir schon zu ihm: laß uns die Nacht überstehen. Und dann das Kranksein. Und dann die Liebe.

Werke VI (Die Aufzeichnungen des Malte Laurids Brigge), 925 f.

Wie ein Ton, der in Spiegel schaut,
klang im November ein Amsellaut
oder als rührte ans eigene Haar
einer, weil's einmal geliebkost war.

Aber am Morgen im Februar
darf es ein Fink schon wagen
etwas was kein Erinnern war
offen ins Jahr zu sagen.

Werke II, 485

VORFRÜHLING

Härte schwand. Auf einmal legt sich Schonung
an der Wiesen aufgedecktes Grau.
Kleine Wasser ändern die Betonung.
Zärtlichkeiten, ungenau,

greifen nach der Erde aus dem Raum.
Wege gehen weit ins Land und zeigens.
Unvermutet siehst du seines Steigens
Ausdruck in dem leeren Raum.

Werke II, 158

O erster Ruf wagrecht ins Jahr hinein –,
die Vogel-Stimmen stehn.
Du aber treibst schon in die Zeit dein Schrein,
o Kukuk, ins Vergehn –

Da: wie du rufst und rufst und rufst,
wie einer setzt ins Spiel,

und gar nicht baust, mein Freund, und gar nicht stufst
zum Lied, das uns gefiel.

Wir warten erst und hoffen ... Seltsam quer
durchstreift uns dieser Schrei;
als wär in diesem Schon ein Nimmermehr,
ein frühestes Vorbei –

Werke II, 126 f.

Der Kukuk erinnert mich so sehr an die Vorfrühlingstage auf dem Schönenberg, daß ich Ihnen rasch einen Gruß schicken muß, verehrte Freundin, an dem Tage, da ich ihn zum ersten Mal wiederhöre. Heute.

Eben.

Er erschien ganz unerwartet nach dem Schneefall des Vormittags und widerlegte ihn, widerrief ihn in den lauen Regennebel hinein, in seiner eifrigen, dabei etwas zerstreuten, verschwenderischen Art. – Oh ich kenn ihn gut –

Schweizer Freunde (Dory Von der Mühll, 19. 4. 1921), 217

Schon kehrt der Saft aus jener Allgemeinheit,
die dunkel in den Wurzeln sich erneut,
zurück ans Licht und speist die grüne Reinheit,
die unter Rinden noch die Winde scheut.

Die Innenseite der Natur belebt sich,
verheimlichend ein neues Freuet-Euch;
und eines ganzen Jahres Jugend hebt sich,
unkenntlich noch, ins starrende Gesträuch.

Des alten Nußbaums rühmliche Gestaltung
füllt sich mit Zukunft, außen grau und kühl;
doch junges Buschwerk zittert vor Verhaltung
unter der kleinen Vögel Vorgefühl.

Werke II, 160

Neue Sonne, Gefühl des Ermattens
vermischt mit hingebendem Freuen;
aber noch mehr fast ergreift mich die Unschuld des neuen
Schattens.

Schatten des frühesten Laubes, das du durchhellst,
Schatten der Blüten –: wie klar!
Wie du dich, wahres, nirgends verstellst,
offenes Jahr.

Unser Dunkel sogar wird davon zarter,
genau so rein war vielleicht sein Ursprung.
Und einmal war das alte Schwarz aller Marter
so jung.

Werke II, 124

Ja, Sonntag, was war das für ein – beinah Sommer, also bei Ihnen auch –, ich trank auch meinen Caffée auf dem Balkon und mußte mir meinen Hut holen, so warm war die Sonne im Schein und im Widerschein der alten Mauern. Was wir dort, in tausenden von Spalten und Rissen, für Miether und Überwinterer gehabt haben, das zeigt sich erst jetzt. Chère, dich an der Balkonthür, rechts von ihr, im Heraustreten, eine herrliche *Hummel-Garage* mit ganz glatt gefahrenem Ausgang. Manchmal fährt die großartige

Carosserie drin (im Ganzen hat die ›Maschine‹ die Länge etwa meines halben kleinen Fingers!) bis eben an den Ausgang vor: dann sieht man, vorn, die zwei riesigen ovalen Laternen spiegeln, rechts und links, es riecht ein bischen nach Lack ..., dahinter, über den Motor, ist eine kostbare Pelzdecke gebreitet. – Das ist nur *ein* Beispiel für die Welt unserer Untermiether –, sie sind Legion. Die Marienkäfer zwischen den Scheiben multiplizieren sich wie rasend miteinander, – nun sind die einzelnen viel weniger gut gemacht, es kommt ihnen kaum noch darauf an, zu der rothgrundigen oder schwarzgrundigen Vasenfamilie zu gehören, es geht alles durcheinander und die Punkte sind ihnen durchaus egal. Auch komm ich, was die auf den Rücken fallenden angeht, mit dem Umdrehen beim besten Willen nicht mehr nach, bei zweihundert ist das schon mehr das Amt eines Waisenhausvaters. Ich überlasse sie der Natur ..., die ja immer mehr in ihre Rechte tritt (ob es gleich die letzte Nacht feige und fleißig geschneit hat!)

Wunderly II (3. 3. 1922), 683 f.

Und draußen, Chère, (oh ich weiß, daß der Winter nicht vorüber ist) aber »es lernt« schon Anfangs-Gründe des Frühlings. Hörten Sie die Vögeleinfälle! Und heute ist der Hummel zum ersten Mal aus der Garage gefahren, splendide, je vous dis, und oben an das kleine Schlafzimmerfenster an ... Es liegt viel Schnee, aber die Losung heißt: ›Thauen!‹, und die Sonne hat schon da und dort eine braune Stelle gegenüber, die schlaftrunken antwortet, – nicht mehr cette lumineuses absence blanche et unie. Wie sind wir doch gebunden in alles dies, mein Gott, wie gehts uns an!

Wunderly II (6. 2. 1923), 869

Ich lese schon Correctur und glaube, dass man das Buch noch im Laufe dieses Frühlings erscheinen lassen will. –

Dieses Frühlings: er hebt jetzt an. Zwischen Regentagen, die wie szenische Verwandlungen auf offener Bühne sind, kommt es immer wieder dieses Leuchten, Freuen, Leichtsein und Lächeln. Und der ganze Garten ist erfüllt von der Gebärde, mit welcher die kleinen Wiesenblumen sich täglich aufthun und schließen ...

Key (3. 3. 1904), 57

Fliegen sieht man eigentlich nichts, aber es piept und stimmt an und übt, der Sonntag war von der strahlendsten Wärme, meine Fensterthür stand offen bis in den Abend hinein und zum ersten Mal empfand man dieses Hereinwirken der Jahreszeit ins merkwürdig erweiterte Zimmer, das Raum von draußen hereinnahm, statt sich, wie bisher, um die Ofenecke zusammenzuziehen. Da war schon eine von den dunkleren Vogelstimmen dabei, eine reifere, schon innerlich gesungene, die zu den anderen sich verhielt wie ein Gedicht zu ein paar Vokabeln –, wie glänzte sie zu Gott, schon, schon, wie gläubig war sie, wie von sich selber voll, eine Liedknospe noch in den Deckblättchen ihres Klanges, aber schon bewußt ihrer unaufhaltsamen Fülle, vor-seelig und vor-bang. Oder eigentlich, die Bangheit war schon völlig in ihr, der gemeinsame Schmerz der Kreatur, der sich nicht theilen läßt und der genau so ein-fältig ist, wie drüben, jenseits aller Überwindungen, die Seeligkeit.

Wunderly I (24. 2. 1920), 161 f.

Wahrscheinlich wars der große Wechsel von Luft und Umgebung, jetzt geht es viel besser, auch nimmt sich alles schon zu so fortgeschrittenen Tagen zusammen, die Bäume kommen hoch, rasch, rasch, beinah wie Milch im Aufkochen, man wagt kaum wegzugehen. Vorgestern war ich in Versailles den ganzen Tag, (übrigens mit dem endlichen kleinen Buch Gebsattels, das ich Ihnen kommen lasse –), mir kommt vor, als hätte die Welt lange keinen Frühling so stark aus sich herausgetrieben, die Athmung all dieses Grüns macht die Luft doppelt.

Vollmoeller (25. 4. 1911), 85

....
Wie sich die gestern noch stummen
Räume der Erde vertonen;
nun voller Singen und Summen:
Rufen und Antwort will wohnen.

....

Werke II, 163

Nun bin ich, liebe Lou, in meinem kleinen Garten-Haus und es ist nach vieler Unruhe die erste stille Stunde darin; nun hat alles in dem schlichten Raum seine Stelle, wohnt und lebt und läßt sich Tag und Nacht geschehen; und draußen, wo so viel Regen war, ist ein Frühlingsnachmittag, sind die Stunden irgend eines Frühlings, der vielleicht morgen nichtmehr sein wird, der aber jetzt ist wie von Ewigkeit her: so sehr im Gleichgewichte ist der leichte schlanke Wind, dem sich die Blätter nachbewegen, des Lorbeers glänzende Blätter und die unscheinbaren Blätterbündel in den Steineichen-Büschen, so getrost sind die kleinen röthlichen Knospen an den kaum leergewordenen Bäumen und so groß ist der Duft, der aufsteht aus dem lichtgraugrünen Narzissenfeld in meinem stillen Gartenthal, das ein alter Brückenbogen nachdenklich überspannt. Ich habe von meinem flachen Dach die schweren Reste des Regens gefegt und welke Eichenblätter zur Seite geräumt und das hat mich warm gemacht und nun, nach der kleinen wirklichen Arbeit, klingt mir das Blut wie in einem Baum. Und mir ist, zum allerersten Mal nach langer Zeit, ein ganz klein wenig frei und festlich zu-muth und so, als ob Du bei mir eintreten könntest ...

Auch dieses glückliche Gefühl wird wieder vorübergehen und wer weiß, ob nicht hinter den fernen Bergen, eine Regennacht sich vorbereitet, die mein Dach wieder überschwemmt und ein zerrender Wind, der meine Wege wieder mit Welkem füllt –

Andreas-Salomé (15. 1. 1904), 127 f.

Verehrte Freundin,

wir sind in einem Nebelreich, wie ein Zauber auf der Bühne qualmte es herüber neulich in den hellsten Sonnenmittag, und seither ist alle Weite weg, die Schiffe tuten irgendwo im Unsichtbaren und haben Angst voreinander, nur die nahen Schifferkähne fangen in ihren Segeln das diffuse Licht und erhalten sich als Erscheinung eine Weile im vaguen grauen Weltraum. Von Zeit zu Zeit versucht sich das in einem leisen filigranen Regnen, und darüber und über der Stille der Tage kommt der Garten sachte ins Grünen, die gelben doppelten Narzissen an den übereilt vorgebeugten Stengeln drängen sich neugierig auf, und in allen den nicht wintergrünen Sträuchern kommt die feine helle Arbeit ans Licht, die im angestiegenen Saft geplant und vorbereitet war. Man hat das Unkraut weggerissen, die berechtigten Rosenpflanzen sind allein in dem warmbraunen nachdenklichen Erdreich, und es genügt, den Gärtner irgendwo gebückt zu sehen, um eine Spur Rührung zu empfinden, ganz als müßte das Einfache, Fleißige, was er dort thut, auch in Einem zur Geltung kommen und sich lohnen, als müßte auch dort etwas in sein Recht gerückt, ermuthigt, aufgebunden sein.

Taxis I (2. 3. 1912), 119 f.

Schon, horch, hörst du der ersten Harken
Arbeit; wieder den menschlichen Takt
in der verhaltenen Stille der starken
Vorfrühlingserde. Unabgeschmackt

scheint dir das Kommende. Jenes so oft
dir schon Gekommene scheint dir zu kommen
wieder wie Neues. Immer erhofft,
nahmst du es niemals. Es hat dich genommen.

Selbst die Blätter durchwinterter Eichen
scheinen im Abend ein künftiges Braun.
Manchmal geben sich Lüfte ein Zeichen.

Schwarz sind die Sträucher. Doch Haufen von Dünger
lagern als satteres Schwarz in den Aun.
Jede Stunde, die hingeht, wird jünger.

Werke I, 767 f.

An allen Dingen fühlt sich neu die Frühe.
Der schöne Wind geht eitel durch den Hain.
Oh sieh das Blühen: innen ist die Mühe;
kaum tritt es aus, ist es ein Seligsein.

Werke II, 380

AUS EINEM APRIL

Wieder duftet der Wald.
Es heben die schwebenden Lerchen
mit sich den Himmel empor, der unseren Schultern schwer
war;
zwar sah man noch durch die Äste den Tag, wie er leer
war, –
aber nach langen, regnenden Nachmittagen
kommen die goldübersonnten
neueren Stunden,
vor denen flüchtend an fernen Häuserfronten
alle die wunden
Fenster furchtsam mit Flügeln schlagen.

Dann wird es still. Sogar der Regen geht leiser
über der Steine ruhig dunkelnden Glanz.
Alle Geräusche ducken sich ganz
in die glänzenden Knospen der Reiser.

Werke I, 371

Wasser berauschen das Land.
Ein atemlos trinkender Frühling
taumelt geblendet ins Grün
und stößt seiner Trunkenheit Atem
aus den Munden der Blust.

Tagsüber üben die Nachtigalln
ihres Fühlens Entzückung
und ihre Übermacht
über den nüchternen Stern.

Werke II, 163

FORTSCHRITT

Und wieder rauscht mein tiefes Leben lauter,
als ob es jetzt in breitern Ufern ginge.
Immer verwandter werden mir die Dinge
und alle Bilder immer angeschauter.
Dem Namenlosen fühl ich mich vertrauter:
Mit meinen Sinnen, wie mit Vögeln, reiche
ich in die windigen Himmel aus der Eiche,
und in den abgebrochnen Tag der Teiche
sinkt, wie auf Fischen stehend, mein Gefühl.

Werke I, 402

EIN FRÜHLINGSWIND

Mit diesem Wind kommt Schicksal; laß, o laß
es kommen, all das Drängende und Blinde,
von dem wir glühen werden –: alles das.
(Sei still und rühr dich nicht, daß es uns finde.)
O unser Schicksal kommt mit diesem Winde.

Von irgendwo bringt dieser neue Wind,
schwankend vom Tragen namenloser Dinge,
über das Meer her *was wir sind.*

.... Wären wirs doch. So wären wir zuhaus.
(Die Himmel stiegen in uns auf und nieder.)
Aber mit diesem Wind geht immer wieder
das Schicksal riesig über uns hinaus.

Werke II, 16

Und so ist unser erstes Schweigen:
wir schenken uns dem Wind zu eigen,
und zitternd werden wir zu Zweigen
und horchen in den Mai hinein.
Da ist ein Schatten auf den Wegen,
wir lauschen, – und es rauscht ein Regen:
ihm wächst die ganze Welt entgegen,
um seiner Gnade nah zu sein

Werke I, 193

Kann mir einer sagen, wohin
ich mit meinem Leben reiche?
Ob ich nicht auch noch im Sturme streiche
und als Welle wohne im Teiche,
und ob ich nicht selbst noch die blasse, bleiche
frühlingsfrierende Birke bin?

Werke III, 258

Es ist fast beunruhigend, diese fortwährende Frühlingsnähe –, Gänseblümchen und Taubnesseln unterbrechen keinen Augenblick ihr kleines Blühen –, und neulich in Zürich, im *Baur au Lac*, sah ich aus den mit Tannenzweigen zugedeckten Beeten die großen Stiefmütterchen ganz ausgeruht und aufgewacht hervordrängen, wie Kinder, die ausgeschlafen haben und durchaus nicht mehr im Bett bleiben wollen.

Taxis II (17. 2. 1921), 638

Das Wetter überholt uns: Märzstürme. Wie sie die Regenhimmel herüberjagen, ihnen kaum Zeit lassen zu regnen; und plötzlich wird alles aufgedeckt und eine fast leere, unvorbereitete Klarheit glänzt sich aus den nassen Straßen entgegen. Und so wars schon die ganze Nacht. Weißt Du Schwester, dass ich mich dann fürchte in der Stadt bei solchen Nachtstürmen? siehts nicht aus, als sähen sie sie nicht in ihrem Element-Stolz? Aber ein einsames Landhaus, das sehen sie und nehmen es ein in ihre Wucht und härten's ab, – da möchte man sogar hinaus in den brausenden Garten, wenigstens steht man am Fenster und giebt den aufgeregten alten Bäumen Recht, die sich gebärden, als wär der Geist der Propheten in sie gefahren. Herrlich, nicht –, dass wir doch mit alledem so verschwistert sind und im Tiefsten einig damit. Dass der Druck unseres Blutes sich fortwährend wandeln muss nach dem Gegendruck der ganzen Welt, sieh, und der Körper hälts aus, und das Herz drinnen ist allein gegen alles übrige.

Hattingberg (24./25. 2. 1914), 168 f.

VORGEFÜHL

Ich bin wie eine Fahne von Fernen umgeben.
Ich ahne die Winde, die kommen, und muß sie leben,
während die Dinge unten sich noch nicht rühren:
die Türen schließen noch sanft, und in den Kaminen
ist Stille;
die Fenster zittern noch nicht, und der Staub ist noch schwer.

Da weiß ich die Stürme schon und bin erregt wie das Meer.
Und breite mich aus und falle in mich hinein
und werfe mich ab und bin ganz allein in dem großen Sturm.

Werke I, 402 f.

Ich liebe diesen Wind, diesen weiten verwandelnden Wind, der dem Frühling vorangeht, ich liebe das Geräusch des Windes und seine ferne Gebärde, die mitten durch alle Dinge geht als wären sie nicht.

Diese Nacht liebe ich. Nein, nicht diese Nacht, diesen Nachtanfang, diese eine lange Anfangszeile der Nacht, die ich nicht lesen werde, weil sie kein Buch für Anfänger ist.

Werke V (Fragment von den Einsamen), 637

Der Sturm war hier nicht, ich werfs ihm vor, denn er war von Ihnen herübergekommen, ach hätt er doch auch an *meinen* Thüren gerüttelt, Sturm gabs keinen, aber der Regen hat aufgehört, ich weiß nicht mehr recht, womit, – gestern schon, da Sie schrieben: Frühling, ja da war auch hier etwas Neues Unverkennbares in der Luft, und einen Baum sah ich, über eine alte verwitterte Stein-Mauer herüber, der voller Kätzchen hing –. Und heute wieder. Ich ging nach langer Zeit wieder einmal den Weg nach Rivapiana entlang, an S. Quirico vorüber (dort, im Haus, das an die Pergola stößt, wohnen jetzt Contadini, es ist nie mehr still und einsam oben), ich wanderte immer weiter bis zu einer Bank am See, las dort zwei Ihrer Briefe und schrieb über die letzten Tage in mein Taschenbuch, – und ob die Sonne gleich kühler war, als jene in den gleichmäßig-schönen Tagen vom Dezember, sie hatte, jenseits der Regen-Grenze, etwas Neues, Neubegonnenes, Steigendes –, keine Vogelstimmen, aber es fiel einem doch immer wieder ein: Frühling – – –. Mächte. Soll man's wirklich noch einmal aushalten? Manchmal frag ich mich, oh mein Herz dieser Ausdehnung noch fähig ist, die alten Leute sterben ja oft daran an diesem unwillkürlichen Mitgerissensein ins Freie, Wehende, grenzenlos Offene ... *Wunderly I (10. 1. 1920), 98 f.*

AUS EINEM FRÜHLING

(Paris)

O alle diese Toten des April,
der Fuhren Schwärze, die sie weiterbringen
durch das erregte übertriebene Licht:
als lehnte sich noch einmal das Gewicht
gegen zuviel Leichtwerden in den Dingen

mürrischer auf .... Da aber gehen schon,
die gestern noch die Kinderschürzen hatten,
erstaunt erwachsen zur Konfirmation;
ihr Weiß ist eifrig wie vor Gottes Thron
und mildert sich im ersten Ulmenschatten.

Werke II, 54 f.

Ich bin erst seit Ostern wieder in Paris, die Unruhe des vielen Herumgekommenseins verbindet sich mit der des Frühlings, Erinnerungen in Bündeln liegen innen herum und, statt sie zu ordnen, staunt man den Luxembourg an und weiß, auch ohne hinzusehen, daß dort draußen Versailles liegt und freut sich auf die ersten Konfirmandinnen, die jeden Tag kommen können, wie der Flieder gekommen ist und gestern die Kastanien und heute der Weißdorn.

Nostitz (11. 5. 1911), 27

DIE KONFIRMANDEN

(Paris, im Mai 1903)

In weißen Schleiern gehn die Konfirmanden
tief in das neue Grün der Gärten ein.
Sie haben ihre Kindheit überstanden,
und was jetzt kommt, wird anders sein.

O kommt es denn! Beginnt jetzt nicht die Pause,
das Warten auf den nächsten Stundenschlag?
Das Fest ist aus, und es wird laut im Hause,
und trauriger vergeht der Nachmittag ...

Das war ein Aufstehn zu dem weißen Kleide
und dann durch Gassen ein geschmücktes Gehn
und eine Kirche, innen kühl wie Seide,
und lange Kerzen waren wie Alleen,
und alle Lichter schienen wie Geschmeide,
von feierlichen Augen angesehn.

Und es war still, als der Gesang begann:
Wie Wolken stieg er in der Wölbung an
und wurde hell im Niederfall; und linder
denn Regen fiel er in die weißen Kinder.
Und wie im Wind bewegte sich ihr Weiß,
und wurde leise bunt in seinen Falten
und schien verborgne Blumen zu enthalten –:
Blumen und Vögel, Sterne und Gestalten
aus einem alten fernen Sagenkreis.

Und draußen war ein Tag aus Blau und Grün
mit einem Ruf von Rot an hellen Stellen.
Der Teich entfernte sich in kleinen Wellen,
und mit dem Winde kam ein fernes Blühn
und sang von Gärten draußen vor der Stadt.

Es war, als ob die Dinge sich bekränzten,
sie standen licht, unendlich leicht besonnt;
ein Fühlen war in jeder Häuserfront,
und viele Fenster gingen auf und glänzten.

Werke I, 387 f.

Dieses Schwanken draußen des Frühlings ist ohnehin, selbst für die gesunde Natur, voll verwirrender Aufgaben; in den Jahren, wo es der Frühling nicht leicht hat, giebt es im April oft etwas wie ein Auf-hoher-See-sein des Bluts, ein Schwanken, Getrieben- und Gefährdetwerden, Tage, da der Raum unbeschreiblich den Boden überwiegt, so daß fast nur er, gegen alle Unterlage, ins Bewußtsein fällt (mit dem Föhn!).

Wunderly II (21. 4. 1922), 740

So erschreckt mich fast der voreilende Frühling, der seit Wochen schon unaufhaltsam weiterwirkt und gegen das Datum recht behalten will: er reißt einem alle Fenster auf, ruft, weht und drängt herein und gefährdet die eigentümliche Verdichtung des Interieurs, für die gerade die hiesigen starken Mauern mir so brauchbar schienen. Und wie sehr gilt sein Überfall und Eindrang nun erst für den innerlichen Innenraum! Wie Sie damals in Flinsberg den Sommer noch festhalten wollten, so ist mirs jetzt um den Winter zu tun, um das sich-verhalten-dürfen, dem er zuweilen so wunderbar deckend und einschließend zu Hülfe kommt.

K. Kippenberg (9. 3. 1921), 397

Dieser Frühling, dieser vorauseilende, der im recht zu bleiben scheint, die Daten kommen athemlos hinter ihm hergestürzt! Ich nehme Anstoß an ihm, denn da ich viel Zeit verloren habe, hätte ich Noth, noch zugedeckt zu bleiben wie ein Winterbeet und am Liebsten zugeschneit. Diese Aufdeckerei des Gemüths ist mir widerlich, wenigstens im Augenblick. Aber gegen Kraut, das wachsen will, ist kein Kraut gewachsen.

Münchhausen (10. 3. 1921), 119

Der Herbst war hier schlecht, der Winter mit dem vielen Scirocco und den langen Regen drückend, und der von Allen so sehr erhobene Frühling ist nur ein Hasten in den gefährlichen Sommer hinein, wie ein Fall ohne Aufenthalt.

Andreas-Salomé (12. 5. 1904), 154

Hier ist nach einem Gewitter neulich, Winter (frühlingüberspringend) gerade in Sommer umgeschlagen, und die Bäume drängen hinter der plötzlichen Jahreszeit her, fast ohne Hoffnung, sie einzuholen.

Nostitz (1. 4. 1914), 70

Hier versucht sichs voreilig im Frühling; ich nicht, ich sehe dem Wetter überlegen zu, wie einem, der sich durchaus irren will und warte bei geheiztem Ofen, daß es zurückkommt.

Heydt (12. 2. 1914), 194

Wissen kann mans ja nie, vor der Hand siehts noch so aus, als bliebe ich infiniment hinter dieser Thür sans bouger, selbst vom Frühling zu nichts zu verführen, weil ich finde, er kommt zu früh und wird es noch bereuen.

Münchhausen (13. 12. 1914), 28

Leni hatte mir thatsächlich einen kleinen Baum hingestellt und einige den Abend angekommene Pakete herum gruppiert, – es war ein guter stiller Abend, – die bei Weitem größte Überraschung war allerdings der schon gestern vorbereitete, aber heute ungefähr eingetretene Frühling; es war so warm, der Buchs duftete im Park, die Vögel, unsichtbar in den durchsichtigen Bäumen, stießen kleine Vorfrühlingsfragen aus, auf die ich nur ein Kopfschütteln haben konnte, das aber nicht bis zu ihnen hinauf die Luft erschütterte, – kleine entzückte Motten taumelten, mit den Flügeln lächelnd, quer aus den Hecken hervor, – es war eine Turbulenz, die alles andere eher als weihnachtlich genannt werden konnte. Dabei fiel noch am Mittwoch ein zwar nasser und lockerer Schnee, der sich gleichwohl zu dem vorliegenden hinzuhäufte, ich war auf das völligste Einschneien gefaßt, und nun, im Gegentheil, ists eine offene Erde, schon mit der ganzen Leichtgläubigkeit ihrer Vorgefühle ausgestattet, als gäbe es keine Verzögerung mehr zu befürchten.

Schweizer Freunde (Dory Von der Mühll, 25. 12. 1920), 171

Als ich herkam schneite es, nun ist der Flieder fast vorüber, der Roth- und Weißdorn bevölkert sich mit Blüthen, und im vollen Grünsein der Kastanien werden morgen oder übermorgen die blühenden Städte und Thürme stehen: was hat die Natur alles gethan. Und was thun die Menschen alles, – ich weiß nicht, was sie thun, aber sie sehn größtenteils beschäftigt aus oder wenigstens verliebt, sie sind in Bewegung, ich bin sicher, sie leisten allerhand, sie spielen ihre Rollen, sie schreiben Briefe, und dabei bleibt noch Zeit übrig, zähe Zeit, auf die sie laut loshauen wie auf einen *Clown*, um sie nur loszuwerden. Mich überholt alles, mir kommt fortwährend Zeit zuvor, ich seh ihr in den Rücken wie ein Nachzügler, wie ein Marodeur; zum Teufel, wann wird das aufhören?

Taxis I (10. 5. 1911), 34 f.

Die Vögel jubeln – lichtgeweckt –,
die blauen Weiten füllt der Schall aus;
im Kaiserpark das alte Ballhaus
ist ganz mit Blüten überdeckt.

Die Sonne schreibt sich hoffnungsvoll
ins junge Gras mit großen Lettern.
Nur dorten unter welken Blättern
seufzt traurig noch ein Steinapoll.

Da naht ein Lüftchen, fegt im Tanz
hinweg das gelbe Blattgeranke
und legt um seine Stirn, die blanke,
den blauenden Syringenkranz.

Werke I, 22

Wenn ich den Blick zum jungen Tag erhebe,
Frag' ich mich oft bei seinem ersten Glühn,
Ob das beglückte Dasein, das ich lebe,
Dasselbe ist, das einst mir traurig schien.
Ganz leise bringt in himmlischen Accorden
Mein junges Herz die süße Antwort dar:
Dasselbe, – aber Frühling ist es worden –
In Deiner Seele, wo es Winter war ....

David-Rhonfeld (undatiert), 47

Im Februar dieses Jahres war noch viel Winter gewesen; allein im März gab es einen Feiertag – es war das Josephifest –, der alle Welt toll machte. Nicht nur daß der Schnee nur da und dort noch an Hügeln und Bahndämmen, vergessen und verachtet, lag, – ein Grünen war über die befreiten Wiesen gekommen, und über Nacht wiegten sich in dem lauen, lichterjagenden Wind gelbe Kätzchen an den langen, kahlen Ruten.

Da war Luisa ausgegangen, um in der Kirche von Loretto bei dem großen Mittagshochamt zu beten. Aber sie war dann – kaum konnte sie sagen wie, an dem lockenden Glockenspiel der Kapuziner vorübergewandert und hatte erst aufgesehen, als sie hinter dem Baumgarten in einer der weiten einsamen Alleen stand und die Arme ausbreitete. Sie empfand, wie sehr sie alles um sich liebte, wie sehr das alles zu ihr gehörte, und daß dieses leise, freudige Werden mit seinem heimlichen Glück und seiner süßen Sehnsucht ihr Schicksal sei, nicht aber das, was Menschen in dunklem Drange wollten und irrten.

Auf dem Heimwege kamen ihr die lichten Schwärme fröhlicher Menschen entgegen, und da blieb sie lächelnd stehen und schaute über die helle, lebende Landschaft: Man konnte nicht glauben, daß alle diese lachenden Scharen wieder Raum finden würden in den engen Häusern drüben. Das macht: jeder von ihnen ist über sich selbst hinausgewachsen in den schimmernden Tag, den er kaum auf den Schultern spürt. Und der leuchtende Himmel wirft seinen goldenen Glanz so reich und rasch über die Menschen und Dinge, daß sie vergessen, ihre alltäglichen Schatten zu haben, und selber Licht sind in dem flimmernden Land. –

Werke IV (Die Geschwister), 215 f.

Wie ist doch, dacht ich gestern, das leiseste Beziehen zwischen den Menschen, bestimmt durch die Verfassung in der sie's tun, – wie kommt gleich das Große herein, wenn das Große nur *da* ist, ja es kann keiner, in dem es sich wach hält, zu einem Kutscher etwas sagen, ohne dass sofort zwischen dem Kutscher und ihm eine unvermuthete Milde ist, eine Freudigkeit für einander, ein Sakrament. Ich hatte einige Wege, überall wars gut, überall begegneten einem die Augen mit einem staunenden Empfang, Bereitschaft war in den Menschen wie in der umgewendeten Frühlings-Erde.

Hattingberg (24./25. 2. 1914), 170

DAS XXI. SONETT AN ORPHEUS

Frühling ist wiedergekommen. Die Erde
ist wie ein Kind, das Gedichte weiß;
viele, o viele .... Für die Beschwerde
langen Lernens bekommt sie den Preis.

Streng war ihr Lehrer. Wir mochten das Weiße
an dem Barte des alten Manns.
Nun, wie das Grüne, das Blaue heiße,
dürfen wir fragen: sie kanns, sie kanns!

Erde, die frei hat, du glückliche, spiele
nun mit den Kindern. Wir wollen dich fangen,
fröhliche Erde. Dein Frohsten gelingts.

O, was der Lehrer sie lehrte, das Viele,
und was gedruckt steht in Wurzeln und langen
schwierigen Stämmen: sie singts, sie singts!

Werke I, 744

FRÜHLING

für Katharina Kippenberg

Nicht so sehr der neue Schimmer tats,
daß wir meinen, Frühling mitzuwissen,
als ein Spiel von sanften Schattenrissen
auf der Klärung eines Gartenpfads.

Schatten eignet uns den Garten an.
Blätterschatten lindert unsern Schrecken,
wenn wir in der Wandlung, die begann,
uns schon vorverwandelter entdecken.

Werke II, 162 f.

LIED

Der Garten vor den Fenstern
ist nur ein Bild in Grün
für einen unbegrenztern,
darin wir beide blühn.

Was seine Sinne segnet,
auf denen Winter war:
das sonnt und sinnt und regnet
auch über unserm Jahr.

Der Garten hat Gebräuche,
ähnlich wie ich und du:
zwei steigende Gesträuche
blühen einander zu.

Werke III, 685

Es klingt ein Glück, es blüht von weit
Und rankt um meine Einsamkeit
Und will sich wie ein Goldgeschmeid
Um meine Träume weben.
Und ist mein armes Leben
auch frühfrostbang und leidumschneit
Es muß ihm eine heilige Zeit
den Weihefrühling geben ...

Andreas-Salomé (8. 7. 1897), 16

MAITAG

Still! – Ich hör, wie an Geländen
leicht der Wind vorüberhüpft,
wie die Sonne Strahlenenden
an Syringendolden knüpft.

Stille rings. Nur ein geblähter
Frosch hält eine Mückenjagd,
und ein Käfer schwimmt im Äther,
ein lebendiger Smaragd.

Im Geäst spinnt Silberrhomben
Mutter Spinne Zoll um Zoll,
und von Blütenhekatomben
hat die Welt die Hände voll.

Werke I, 29 f.

Feierlich ists an meinem Fenster den Abend zu erleben: einzelne Maikäfer surren gegen die Rosenspaliere und knallen wieder zurück ins Ungenaue, taumelnd (ich weiß nicht, was sie so blindlings wider die Mauer anrennen läßt, was sie sich dort erwarten?) dann wirds immer stiller. Am ersten Abend kam eine Amsel: saß erst unten auf dem Dach des Weinlaubengangs, sang tief und versonnen. Plötzlich kam sie zu einer Stelle des Lieds, die von höherem Platze aus gesprochen werden mußte und in erst flachem dann rasch, steil ansteigendem Bogen warf sie sich rechts hinauf bis auf die äußerste Spitze der Tanne und rief von dort, der Reihe nach, was noch zu rufen war: jedesmal klangs, als packte sie bei ihrem langen Ende eine Liedschleife und zöge sie auf, löste sie – –.

Wunderly I (16. 5. 1921), 421 f.

Wundervoll empfind ich in der hiesigen Stille das Zunehmen der Vogelstimmen. Abends, manchmal, gestaltet sich schon eine einzelne heraus, wird ganz Figur in der Luft, – am frühen Morgen kochen sie alle durch einander, wie auf ein ganz leichtes Feuer gestellt und weggerückt: man hat sie, erwachend, wie in einem *Vorraum* des Gehörs, noch gar nicht im Gehör selbst.

Wunderly II (20. 3. 1922), 715 f.

... bei uns im Garten ist keine Nachtigall, kaum viele Vogelstimmen; infolge der Jäger wohl, die jeden Sonntag hier vorüberkommen; aber manchmal in der Nacht wache ich davon auf, daß es ruft, irgendwo unten im Tal ruft, anruft aus ganzer Seele. Jene süße, steigende Stimme, die nicht aufhört zu steigen; die wie ein ganzes in Stimme verwandeltes Wesen ist, dessen alles: dessen Gestalt und Gebärde, dessen Hände und Gesicht Stimme geworden ist, nächtliche, große, beschwörende Stimme. Fernher trugs die Stille manchmal an mein Fenster heran, und mein Ohr übernahms und zog es langsam ins Zimmer herein und, über mein Bett her, in mich ein. Und gestern fand ich sie alle, die Nachtigallen, und ging in einem lauen, überdeckten Nachtwind an ihnen vorbei, nein, mitten durch sie durch, wie durch ein Gedränge von singenden Engeln, das sich gerade nur teilte, um mich durchzulassen, und vor mir zu war und sich hinter mir wieder zusammenschloß. So, von ganz nahe, hörte ich sie. (Ich war in der Stadt gewesen, um mit durchreisenden Freunden der Elberfelder von der Heydts zu essen, und kam gegen zehn mit dem Zuge nach Val-Fleury zurück.) Da fand ich sie: in allen diesen alten, vernachlässigten Parken (in dem mit dem schönen Haus, dessen Mauern langsam zusammenfallen, als ob ein Geschütz der Zeit gerade auf sie gerichtet wäre, und der, mitten durchgeschnitten von der Bahn, wie eine auseinandergefallene Frucht sein Inneres zeigt, welk und beschlagen; – und ein Stück weiter drüben in einem dichten Parkstück) und dahinter und oben in den verschlossenen Gärten der Orangerie. Und von der anderen Seite kams herüber über die Mauern der alten Mairie und dann plötzlich neben mir aus einem kleinen, dichten Garten voll von Hecken und Fliedergebüsch –: kam so erkennbar und so mit ihm, der verhalten unter halbheller Nacht lag, ineinandergewoben, wie wenn man in einem Stück Spitze das Bild eines Vogels erkennt, aus denselben Fäden geschlungen, die Blumen bedeuten und Blühendes und dichtesten Überfluß. Und das war Lärm und war um mich und übertönte alle Gedanken in mir und alles Blut; war wie ein Buddha aus Stimmen, so groß und herrisch und überlegen, so ohne Widerspruch, so bis an der Grenze der Stimme, wo sie wieder Schweigen wird, schwingend mit derselben intensiven Fülle und Gleichmäßigkeit, mit der die Stille schwingt, wenn sie groß wird und wenn wir sie hören ...

Briefe I (Clara Rilke, 3. 5. 1906), 130 f.

Wie vor dem Einzug, wie in leeren Gemächern,
hämmert der Specht an dem Stamme der kahlen
Ulme. Von Zukunftsplänen strahlen
die Winde über den Dächern.

Dies wird einmal der Sommer sein.
Eine vollendete Wohnung.
Welches Gedräng an der Tür!
Alles zieht selig ein.
Wie zur Belohnung.
Wofür?

Werke II, 123

Ach wie du ausholst, Vogel,
nach deinem Herzen.   Wer darf
hoffen, daß Innres
so entspränge aus ihm

Werke II, 387

Schön hab ichs aufgefaßt, wie mirs noch nie sich darstellte: dieses immer weiter Hineinverlegtsein des entstehenden Geschöpfs aus der Welt in die Innen-Welt. Daher die reizende Lage des Vogels auf diesem Wege nach Innen; sein Nest ist ja fast ein von der Natur ihm bewilligter äußerer Mutterleib, den er nur ausstattet und zudeckt, statt ihn ganz zu enthalten. So ist er dasjenige von den Thieren, das zur Außenwelt eine ganz besondere Gefühlsvertraulichkeit hat, als wüßte er sich mit ihr im innigsten Geheimnis. Darum singt er in ihr, als sänge er in seinem Innern, darum fassen wir einen Vogellaut so leicht ins Innere auf, es scheint uns, als übersetzten wir ihn, ohne Rest, in unser Gefühl, ja er kann uns, für einen Augenblick die ganze Welt zum Innenraum machen, weil wir fühlen, daß der Vogel nicht unterscheidet zwischen seinem Herzen und dem ihren. – Einerseits wird nun dem Thierischen und Menschlichen viel zugewonnen durch die Hineinverlegung des ausreifenden Lebens in einen Mutterleib: denn er wird um soviel mehr Welt, als draußen die Welt Betheiligung an diesen Vorgängen einbüßt (als wäre sie unsicherer geworden, hat man's ihr fort genommen –), andererseits: (aus meinem Taschenbuche, voriges Jahr eingeschrieben, in Spanien, – Du wirst es erinnern, die Frage:) »Woher stammt die Innigkeit der Kreatur« (der übrigen): aus diesem Nicht-im-Leibe-Herangereiftsein, das es mit sich bringt, daß sie eigentlich den schützenden Leib nie verläßt. (Lebenslang ein Schooßverhältnis hat).

Andreas-Salomé (20. 2. 1914), 315 f.

Wie mich die kleinste Vogelstimme draußen trifft und angeht, lieber Gott, daß es Frühling würde und ich käme irgendwo mit allen Sinnen an die Natur ...

Taxis I, 249, 17. 12. 1912

Ach zwischen mir und diesem Vogellaut:
was war verabredet?
Ich weiß nicht mehr, –
ach zwischen mir und diesem Vogellaut.

Nein nein, der klang nicht nur aus Regennäh,
nicht nur aus Gartenüberfluß, nicht nur
weil andere Vögel gerne Vögel hören.

Jetzt sollte irgend ein Gefühl in mir
anheben ... welches, welches? Übereinkunft.
Zu alte Übereinkunft. Ach aus solchem
Vergessenhaben wird die Zeit ....

Werke II, 375

DIE SIEBENTE DUINESER ELEGIE

Werbung nicht mehr, nicht Werbung, entwachsene
Stimme,
sei deines Schreies Natur; zwar schrieest du rein wie
der Vogel,
wenn ihn die Jahreszeit aufhebt, die steigende, beinah
vergessend,
daß er ein kümmerndes Tier und nicht nur ein einzelnes
Herz sei,
das sie ins Heitere wirft, in die innigen Himmel. Wie er, so
würbest du wohl, nicht minder –, daß, noch unsichtbar,
dich die Freundin erführ, die stille, in der eine Antwort
langsam erwacht und über dem Hören sich anwärmt, –
deinem erkühnten Gefühl die erglühte Gefühlin.

O und der Frühling begriffe –, da ist keine Stelle,
die nicht trüge den Ton der Verkündigung. Erst jenen kleinen
fragenden Auflaut, den, mit steigernder Stille,
weithin umschweigt ein reiner bejahender Tag.
Dann die Stufen hinan, Ruf-Stufen hinan, zum geträumten
Tempel der Zukunft –; dann den Triller, Fontäne,
die zu dem drängenden Strahl schon das Fallen zuvornimmt
im versprechlichen Spiel .... Und vor sich, den Sommer.

Nicht nur die Morgen alle des Sommers –, nicht nur
wie sie sich wandeln in Tag und strahlen vor Anfang.
Nicht nur die Tage, die zart sind um Blumen, und oben,
um die gestalteten Bäume, stark und gewaltig.
Nicht nur die Andacht dieser entfalteten Kräfte,
nicht nur die Wege, nicht nur die Wiesen im Abend,
nicht nur, nach spätem Gewitter, das atmende Klarsein,
nicht nur der nahende Schlaf und ein Ahnen, abends ...
sondern die Nächte! Sondern die hohen, des Sommers,
Nächte, sondern die Sterne, die Sterne der Erde.
O einst tot sein und sie wissen unendlich,
alle die Sterne: denn wie, wie, wie sie vergessen!

Siehe, da rief ich die Liebende. Aber nicht *sie* nur
käme ... Es kämen aus schwächlichen Gräbern
Mädchen und ständen ... Denn, wie beschränk ich,
wie, den gerufenen Ruf? Die Versunkenen suchen
immer noch Erde. – Ihr Kinder, ein hiesig
einmal ergriffenes Ding gälte für viele.
Glaubt nicht, Schicksal sei mehr, als das Dichte der Kindheit;
wie überholtet ihr oft den Geliebten, atmend,
atmend nach seligem Lauf, auf nichts zu, ins Freie.

Hiersein ist herrlich. Ihr wußtet es, Mädchen, *ihr* auch,
die ihr scheinbar entbehrtet, versankt –, ihr, in den ärgsten
Gassen der Städte, Schwärende, oder dem Abfall
Offene. Denn eine Stunde war jeder, vielleicht nicht
ganz eine Stunde, ein mit den Maßen der Zeit kaum
Meßliches zwischen zwei Weilen –, da sie ein Dasein
hatte. Alles. Die Adern voll Dasein.
Nur, wir vergessen so leicht, was der lachende Nachbar
uns nicht bestätigt oder beneidet. Sichtbar
wollen wirs heben, wo doch das sichtbarste Glück uns
erst zu erkennen sich giebt, wenn wir es innen verwandeln.

Nirgends, Geliebte, wird Welt sein, als innen. Unser
Leben geht hin mit Verwandlung. Und immer geringer
schwindet das Außen. Wo einmal ein dauerndes Haus war,
schlägt sich erdachtes Gebild vor, quer, zu Erdenklichem
völlig gehörig, als ständ es noch ganz im Gehirne.
Weite Speicher der Kraft schafft sich der Zeitgeist,
gestaltlos
wie der spannende Drang, den er aus allem gewinnt.
Tempel kennt er nicht mehr. Diese, des Herzens,
Verschwendung
sparen wir heimlicher ein. Ja, wo noch eins übersteht,
ein einst gebetetes Ding, ein gedientes, geknietes –,
hält es sich, so wie es ist, schon ins Unsichtbare hin.
Viele gewahrens nicht mehr, doch ohne den Vorteil,
daß sie's nun *innerlich* baun, mit Pfeilern und Statuen,
größer!

Jede dumpfe Umkehr der Welt hat solche Enterbte,
denen das Frühere nicht und noch nicht das Nächste gehört.
Denn auch das Nächste ist weit für die Menschen. *Uns* soll
dies nicht verwirren; es stärke in uns die Bewahrung

der noch erkannten Gestalt. – Dies *stand* einmal unter
Menschen,
mitten im Schicksal stands, im vernichtenden, mitten
im Nichtwissen-Wohin stand es, wie seiend, und bog
Sterne zu sich aus gesicherten Himmeln. Engel,
dir noch zeig ich es, *da*! in deinem Anschaun
steh es gerettet zuletzt, nun endlich aufrecht.
Säulen, Pylone, der Sphinx, das strebende Stemmen,
grau aus vergehender Stadt oder aus fremder, des Doms.

War es nicht Wunder? O staune, Engel, denn *wir* sinds,
wir, o du Großer, erzähls, daß wir solches vermochten,
mein Atem
reicht für die Rühmung nicht aus. So haben wir dennoch
nicht die Räume versäumt, diese gewährenden, diese
unseren Räume. (Was müssen sie fürchterlich groß sein,
da sie Jahrtausende nicht unseres Fühlns überfülln.)
Aber ein Turm war groß, nicht wahr? O Engel, er war es, –
groß, auch noch neben dir? Chartres war groß –,
und Musik
reichte noch weiter hinan und überstieg uns. Doch
selbst nur
eine Liebende –, oh, allein am nächtlichen Fenster ....
reichte sie dir nicht ans Knie –? Glaub *nicht*, daß ich werbe.
Engel, und würb ich dich auch! Du kommst nicht.
Denn mein
Anruf ist immer voll Hinweg; wider so starke
Strömung kannst du nicht schreiten. Wie ein gestreckter
Arm ist mein Rufen. Und seine zum Greifen
oben offene Hand bleibt vor dir
offen, wie Abwehr und Warnung,
Unfaßlicher, weitauf.

Werke I, 709-713

Jetzt gehn die Lüfte manchesmal als trügen
sie unsichtbar ein Schweres welches schwankt.
Wir aber müssen uns mit dem begnügen
was sichtbar ist.   So sehr es uns verlangt

hinauszugreifen über Tag und Dasein
in jenes Wehen voller Wiederkehr.
Wie kann ein Fernes so unendlich nah sein
und doch nicht näher kommen?   Nicht bis her?

Das war schon einmal so.   Nur damals war
es nicht ein zögerndes im Wind gelöstes
Vorfrühlingsglück.   Vielleicht kann Allergrößtes
nicht näher bei uns sein, so wächst das Jahr.

So wächst die Seele, wenn die Jahreszeit
der Seele steigt.   Das alles sind nicht wir.
Von Fernem hingerissen sind wir hier
und auferzogen und zerstört von weit.

Werke II, 340

Kennen Sie dies auch so besonders: ein gegen Abend eingedeckter Himmel, Wiesengrün, blühende Bäume, halb davor, halb in grauer lautloser Luft? Für mich gehörts zum Unvergeßlichsten: blühende Bäume ohne Sonne bei nahendem Regen, von dem schon einzelne Vogelstimmen vorhersagen, wie er sein wird. Ach wenn mirs doch noch einmal so im Innern würde, wie's dann in der Natur ist, nicht einmal hell, aber still und zukünftig.

Taxis I (6. 4. 1912), 136

Daß ich doch fühlte, in meinen hundertunddreißig Müdigkeiten sei auch etwas vom Einfluß des Frühlings; aber sie sind, wie ich sie durchmache, fast alle von einer Nichts-als-Lästigkeit, so daß ich sie ehrlicher auf Rechnung der Erkältung setzen mag. Ich weiß, wie ein solcher Zustand mir von körperlicher Erschwernis sein kann in den verschiedensten Abwandlungen, aber ich kenne auch zur Genüge die merkwürdigen Öden, die er ins Gemüth einreißt und wundere mich über keine Trübnis, die von dort herüberdringt.

Dienstag überließ ich mich wieder ganz der Sonne, Mittwoch schrieb ich Briefe, darunter sieben Seiten an Anita, die mit einer ganzen Artillerie von großkalibrigen Fragen gegen mir über aufgefahren war: »Glauben Sie an Gott?« »Glauben Sie an ein Leben nach dem Tode?« –, ach, Liebe, ich habe nicht mit augustinischen Bekenntnissen geantwortet, sondern ganz abwartend; immer sonderbarer muthet mich diese Ungeduld des Geistes an, die alles überspringt, um so fragen zu können. Dieses An-den-Rand-Laufen, wie naiv ist es, gerade als dächte man, vom nächsten Bergrand aus in den Weltraum zu schauen. Wo doch unsere Blicke so beschäftigt worden sind! Wo doch Gott nichts thut, als uns immerfort aufhalten.

Unten, an der allgemein-verständlichen Pappel, der Pappel für Anfänger, blüht etwas (ein Pflaumen-? ein Kirschenbaum?) und weiterhin am Fahrweg wieder, und drüber im Raum wiederholt ein Vogel einen doppelseitigen Flötenton, bald drei bald fünfmal hintereinander, das verspricht Regen nach irgendwelchen Erfahrungen, aber schon weiß man, daß es Frühlingsregen verspricht; die Nähe ist grau, die Weite liegt in einem ausgebreiteten Licht, entfernte Steinbrüche haben eine gesichthafte Helligkeit –

–: *das* beschäftige uns, *das* müßte man auf solche Fragen

antworten, aufschauen und sagen, was man sieht: ist nicht alles darin, – mehr als in unseren Auslegungen und Erdenkungen? *Wunderly I (26. 3. 1920), 196f.*

Wenn ich sage: Gott, so ist das eine große, nie erlernte Überzeugung in mir. Die ganze Kreatur, kommt mir vor, sagt dieses Wort, ohne Überlegung, wenn auch oft aus tiefer Nachdenklichkeit. Wenn dieser Christus uns dazu geholfen hat, es mit hellerer Stimme, voller, gültiger zu sagen, um so besser, aber laßt ihn doch endlich aus dem Spiel. Zwingt uns nicht immer zu dem Rückfall in die Mühe und Trübsal, die es ihn gekostet hat, uns, wie ihr sagt, zu »erlösen«. Laßt uns endlich dieses Erlöstsein antreten. – Da wäre ja sonst das Alte Testament noch besser dran, das voller Zeigefinger ist auf Gott zu, wo man es aufschlägt, und immer fällt einer dort, wenn er schwer wird, so grade hinein in Gottes Mitte. Und einmal habe ich den Koran zu lesen versucht, ich bin nicht weit gekommen, aber so viel verstand ich, da ist wieder so ein mächtiger Zeigefinger, und Gott steht am Ende seiner Richtung, in seinem ewigen Aufgang begriffen, in einem Osten, der nie alle wird. Christus hat sicher dasselbe gewollt. Zeigen. Aber die Menschen hier sind wie die Hunde gewesen, die keinen Zeigefinger verstehen und meinen, sie sollten nach der Hand schnappen. Statt vom Kreuzweg aus, wo nun der Wegweiser hoch aufgerichtet war in die Nacht der Opferung hinein, statt von diesem Kreuzweg weiterzugehen, hat sich die Christlichkeit dort angesiedelt und behauptet, dort in Christus zu wohnen, obwohl doch in ihm kein Raum war, nicht einmal für seine Mutter, und nicht für Maria Magdalena, wie in jedem Weisenden, der eine Gebärde ist und kein Aufenthalt. – Und darum wohnen sie auch nicht in Christus, die Eigensinnigen des Herzens, die ihn immer wieder herstellen und leben von der Aufrichtung der schiefen oder völlig umgewehten Kreuze. Sie haben dieses Gedräng auf dem Gewissen, dieses Anstehen auf der überfüllten Stelle, sie tragen Schuld, daß die Wanderung nicht weitergeht in der Richtung der Kreuzarme. Sie haben aus dem Christlichen ein métier gemacht, eine bürgerliche Beschäftigung, sur place, einen abwechselnd abgelassenen und wieder angefüllten Teich. Alles, was sie selber tun, ihrer ununterdrückbaren Natur nach (soweit sie noch Lebendige sind), steht im Widerspruch mit dieser merkwürdigen Anlage, und so trüben sie ihr eigenes Gewässer und müssen es immer wieder erneun. Sie lassen sich nicht vor Eifer, das Hiesige, zu dem wir doch Lust und Vertrauen haben sollten, schlecht und wertlos machen, – und so liefern sie die Erde immer mehr denjenigen aus, die sich bereit finden, aus ihr, der verfehlten und verdächtigten, die doch zu Besserm nicht tauge, wenigstens einen zeitlichen, rasch ersprießlichen Vorteil zu ziehn. Diese zunehmende Ausbeutung des Lebens, ist sie nicht eine Folge, der durch die Jahrhunderte fortgesetzten Entwertung des Hiesigen? Welcher Wahnsinn, uns nach einem Jenseits abzulenken, wo wir hier von Aufgaben und Erwartungen und Zukünften umstellt sind. Welcher Betrug, Bilder hiesigen Entzükkens zu entwenden, um sie hinter unserm Rücken an den Himmel zu verkaufen! O es wäre längst Zeit, daß die verarmte Erde alle jene Anleihen wieder einzöge, die man bei ihrer Seligkeit gemacht hat, um Überkünftiges damit auszustatten. Wird der Tod wirklich durchsichtiger durch diese hinter ihn verschleppten Lichtquellen? Und wird nicht alles hier Fortgenommene, da nun doch kein Leeres sich halten kann, durch einen Betrug ersetzt, – sind die Städte deshalb von so viel häßlichem Kunstlicht und Lärm erfüllt, weil man den echten Glanz und den Gesang an ein später zu beziehendes Jerusalem ausgeliefert hat? Christus mochte recht haben, wenn er, in einer von abgestandenen und entlaubten Göttern erfüllten Zeit, schlecht vom Irdischen sprach, obwohl es (ich kann es nicht anders denken) auf eine Kränkung Gottes hinauskommt, in dem uns hier Gewährten und Zugestandenen nicht ein, wenn wir es nur genau gebrauchen, vollkommen, bis an den Rand unserer Sinne uns Beglückendes zu sehen! *Der rechte Gebrauch, das ists.* Das Hiesige recht in die Hand nehmen, herzlich liebevoll, erstaunend, als unser, vorläufig, Einziges: das ist zugleich, es gewöhnlich zu sagen, die große Gebrauchsanweisung Gottes, *die* meinte der heilige Franz von Assisi aufzuschreiben in seinem Lied an die Sonne, die ihm im Sterben herrlicher war als das Kreuz, das ja nur dazu da stand, in die Sonne zu *weisen.*

Werke VI (Der Brief eines lesenden Arbeiters), 1113-1115

Die Parke, die Fontänen, was man so davon im Gedächtnis behält, so sehr mans auch oft im sehnsüchtig zurückgewandten Gefühl übertreibt, ist nichts, nichts gegen das völlig inkommensurable ihrer Existenz. Vielleicht auch bin ich im Anschaun wieder etwas vorgeschritten, daß mich alles so übertrifft; aber, denk ich immer wieder, wie alt müßte man werden, um wirklich genügend zu bewundern, um nirgends hinter der Welt zurückzubleiben; wie viel unterschätzt, übersieht, verkennt man noch. Gott, wie viel Gelegenheiten und Beispiele, etwas zu werden, – und gegenüber, wie viel Trägheit, Zerstreuung und Halbwillen auf unserer Seite.

A. Kippenberg I (25. 3. 1910), 200

Ja, die Frühlinge brauchten dich wohl. Es muteten manche
Sterne dir zu, daß du sie spürtest. Es hob
sich eine Woge heran im Vergangenen, oder
da du vorüberkamst am geöffneten Fenster,
gab eine Geige sich hin. Das alles war Auftrag.
Aber bewältigtest du's? Warst du nicht immer
noch von Erwartung zerstreut, als kündigte alles
eine Geliebte dir an? (Wo willst du sie bergen,
da doch die großen fremden Gedanken bei dir
aus und ein gehn und öfters bleiben bei Nacht.)
Sehnt es dich aber, so singe die Liebenden; lange
noch nicht unsterblich genug ist ihr berühmtes Gefühl.

Werke I (aus der ersten Duineser Elegie), 686

Seit gestern steht eine große Schale mit Veilchen hier, wie selten wag ich Blumen zu holen; denn auch zu ihnen ist mir die Liebe eine Mühsal geworden, ihr gelassenes, zerstreutes, träumerisches Wohltun steht in keinem Verhältnis zu meiner angestrengten Bemühung, sie abzuschneiden und anzuordnen, ich finde, sie machen ungeheuere Ansprüche. Was für Gespenster überall, Magda. Voriges Jahr gegen den Frühling hin, nach meiner Rückkehr aus Spanien, traf es sich so, dass einzelne Bekannte mir manchmal Blumen brachten, ich kann Dir versichern, sie hätten mir nichts Schlimmeres anthun können. Einmal (wie soll man so etwas je wieder vergessen!) war ich den ganzen Tag fortgewesen in der Umgebung, spät abends kam ich zurück, vor meiner Thür im Treppenhaus lagen eine große Menge Blumen, freie, vom Land hereingeholte und hohe blühende Zweige von Pfirsich und Apfel, sie waren sicher das Wunderbarste, was man da finden konnte. Ist es nun lächerlich oder entsetzlich: ich arbeitete, todmüde, zwei Stunden, diese Blüthen bei mir unterzubringen, kein Gefäß schien hoch genug für die schweren sich spreizenden Äste, wenn ich meinte, es bewältigt zu haben, so waren immer noch Blumen da, mit meinem Licht entdeckte ich sie, im Dunkeln, an den unmöglichsten Stellen, auf der Erde, in Lehnsesseln, quer über den Büchern, ich konnte mich nicht entsinnen, sie hingelegt zu haben. Ich suchte nach einem anderen Glas, ich kam zurück, mein Licht blendete mich in der hohen Finsternis, ich fand die Blumen nicht mehr, ich fand andere. Ach die sahen so müde aus, wie in Ohnmacht, – man hatte sie gewiss den ganzen Tag in der Hand getragen, welke Menschenwärme war an den Stengeln, mein Gewissen regte sich, ich fühlte, man sollte viel für sie thun. Da kniete ich und hatte meine Kerze zu ihnen auf die Erde gestellt und wollte sie auseinanderlösen und that ihnen sicher nicht, was sie brauchten; wenn ich aufsah, so stand der Schatten des Gezweigs an der Wand, wider mich, wie eine riesige Kralle. Und wie's schließlich doch gethan war, da warf ich, im Vorübergehen, das hohe Gefäß mit den Zweigen um, eine Fluth Wassers ergoss sich herüber – – – Giebts eine Hölle, Magda, giebts eine Hölle? Wenns einer träumt, dann darf er doch aufwachen. Mir waren diese Nachtstunden als bekäm ich ein bitterstes Weinen in Stücken ins Herz gedrückt, und sollte es dort nach und nach lösen und hätte nur *dazu* meine innerste Wärme. Verzeih, dass ich Dir das erzähl, ach Liebe.

Hattingberg (19. 2. 1914), 129 f.

Ich bin wie die kleine Anemone, die ich einmal in Rom im Garten gesehen habe, sie war tagsüber so weit aufgegangen, daß sie sich zur Nacht nicht mehr schließen konnte. Es war furchtbar sie zu sehen in der dunkeln Wiese, weitoffen, immer noch aufnehmend in den wie rasend aufgerissenen Kelch, mit der vielzuvielen Nacht über sich, die nicht alle wurde. Und daneben alle die klugen Schwestern, jede zugegangen um ihr kleines Maaß Überfluß. Ich bin auch so heillos nach außen gekehrt, darum auch zerstreut von allem, nichts ablehnend, meine Sinne gehn, ohne mich zu fragen, zu allem Störenden über, ist da ein Geräusch, so geb ich mich auf und bin dieses Geräusch, und da alles einmal auf Reiz Eingestellte, auch gereizt sein will, so will ich im Grunde gestört sein und bins ohne Ende. Vor dieser Öffentlichkeit hat sich irgend ein Leben in mir gerettet, hat sich an eine innerste Stelle zurückgezogen und lebt dort, wie die Leute während einer Belagerung leben, in Entbehrnis und Sorge. Macht sich, wenn es bessere Zeiten gekommen glaubt, bemerklich durch die Bruchstücke der Elegieen, durch eine Anfangszeile, muß wieder zurück, denn draußen ist immer die gleiche Preisgegebenheit. Und dazwischen, zwischen dieser ununterbrochenen Hinaussüchtigkeit und jenem mir selbst kaum mehr erreichbaren inneren Dasein, sind die eigentlichen Wohnungen des gesunden Gefühls, leer, verlassen, ausgeräumt, eine unwirtliche Mittelzone, deren Neutralität auch erklärlich macht, warum alles Wohlthun von Menschen und Natur an mich vergeudet bleibt.

Andreas-Salomé (26. 6. 1914), 337

Blumen, ihr schließlich den ordnenden Händen verwandte
(Händen der Mädchen von einst und jetzt),
die auf dem Gartentisch oft von Kante zu Kante
lagen, ermattet und sanft verletzt,

wartend des Wassers, das sie noch einmal erhole
aus dem begonnenen Tod –, und nun
wieder erhobene zwischen die strömenden Pole
fühlender Finger, die wohlzutun

mehr noch vermögen, als ihr ahntet, ihr leichten,
wenn ihr euch wiederfandet im Krug,
langsam erkühlend und Warmes der Mädchen,
wie Beichten,

von euch gebend, wie trübe ermüdende Sünden,
die das Gepflücktsein beging, als Bezug
wieder zu ihnen, die sich euch blühend verbünden.

Werke I, 755

Weiß die Natur noch den Ruck,
da sich ein Teil der Geschöpfe
abriß vom stätigen Stand?
Blumen, geduldig genug,
hoben nur horchend die Köpfe,
blieben im Boden gebannt.

Weil sie verzichteten auf
Gang und gewillte Bewegung,
stehn sie so reich und so rein.
Ihren tiefinneren Lauf,
voll von entzückter Erregung,
holt kein Jagender ein.

Innere Wege zu tun
an der gebotenen Stelle,

ist es nicht menschliches Los?
Anderes drängt den Taifun,

anderes wächst mit der Welle –,
uns sei Blume-sein groß.

Werke II, 257 f.

ERLEBNIS

⟨I⟩

Es mochte wenig mehr als ein Jahr her sein, als ihm im Garten des Schlosses, der sich den Hang ziemlich steil zum Meer hinunterzog, etwas Wunderliches widerfuhr. Seiner Gewohnheit nach mit einem Buch auf und abgehend, war er darauf gekommen, sich in die etwa schulterhohe Gabelung eines strauchartigen Baumes zu lehnen, und sofort fühlte er sich in dieser Haltung so angenehm unterstützt und so reichlich eingeruht, daß er so, ohne zu lesen, völlig eingelassen in die Natur, in einem beinah unbewußten Anschaun verweilte. Nach und nach erwachte seine Aufmerksamkeit über einem niegekannten Gefühl: es war, als ob aus dem Innern des Baumes fast unmerkliche Schwingungen in ihn übergingen; er legte sich das ohne Mühe dahin aus, daß ein weiter nicht sichtlicher, vielleicht den Hang flach herabstreichender Wind im Holz zur Geltung kam, obwohl er zugeben mußte, daß der Stamm zu stark schien, um von einem so geringen Wehen so nachdrücklich erregt zu sein. Was ihn überaus beschäftigte, war indessen nicht diese Erwägung oder eine ähnliche dieser Art, sondern mehr und mehr war er überrascht, ja ergriffen von der Wirkung, die jenes in ihn unaufhörlich Herüberdringende in ihm hervorbrachte: er meinte nie von leiseren Bewegungen erfüllt worden zu sein, sein Körper wurde gewissermaßen wie eine Seele behandelt und in den Stand gesetzt, einen Grad von Einfluß aufzunehmen, der bei der sonstigen Deutlichkeit leiblicher Verhältnisse eigentlich gar nicht hätte empfunden werden können. Dazu kam, daß er in den ersten Augenblicken den Sinn nicht recht feststellen konnte, durch den er eine derartig feine und ausgebreitete Mitteilung empfing; auch war der Zustand, den sie in ihm herausbildete, so vollkommen und anhaltend, anders als alles andere, aber so wenig durch Steigerung über bisher Erfahrenes hinaus vorstellbar, daß er bei aller Köstlichkeit nicht daran denken konnte, ihn einen Genuß zu nennen. Gleichwohl, bestrebt, sich gerade im Leisesten immer Rechenschaft zu geben, fragte er sich dringend, was ihm da geschehe, und fand fast gleich einen Ausdruck, der ihn befriedigte, vor sich hinsagend: er sei auf die andere Seite der Natur geraten. Wie im Traume manchmal, so machte ihm jetzt dieses Wort Freude und er hielt es für beinah restlos zutreffend. Überall und immer gleichmäßiger erfüllt mit dem in seltsam innigen Abständen wiederkehrenden Andrang, wurde ihm sein Körper unbeschreiblich rührend und nur noch dazu brauchbar, rein und vorsichtig in ihm dazustehen, genau wie ein Revenant, der, schon anderswo wohnend, in dieses zärtlich Fortgelegtgewesene wehmütig eintritt, um noch einmal, wenn auch zerstreut, zu der einst so unentbehrlich genommenen Welt zu gehören. Langsam um sich sehend, ohne sich sonst in der Haltung zu verschieben, erkannte er alles, erinnerte es, lächelte es gleichsam mit entfernter Zuneigung an, ließ es gewähren, wie ein viel Früheres, das einmal, in abgetanen Umständen, an ihm beteiligt war. Einem Vogel schaute er nach, ein Schatten beschäftigte ihn, ja der bloße Weg, wie er da so hinging und sich verlor, erfüllte ihn mit einem nachdenklichen Einsehn, das ihm umso reiner vorkam, als er sich davon unabhängig wußte.

...

⟨II⟩

Späterhin meinte er, sich gewisser Momente zu erinnern, in denen die Kraft dieses einen schon, wie im Samen, enthalten war. Er gedachte der Stunde in jenem anderen südlicheren Garten (Capri), da ein Vogelruf draußen und in seinem Innern übereinstimmend da war, indem er sich gewissermaßen an der Grenze des Körpers nicht brach, beides zu einem ununterbrochenen Raum zusammennahm, in welchem, geheimnisvoll geschützt, nur eine einzige Stelle reinsten, tiefsten Bewußtseins blieb. Damals schloß er die Augen, um in einer so großmütigen Erfahrung durch den Kontur seines Leibes nicht beirrt zu sein, und es ging das Unendliche von allen Seiten so vertraulich in ihn über, daß er glauben durfte, das leichte Aufruhn der inzwischen eingetretenen Sterne in seiner Brust zu fühlen. Auch fiel ihm wieder ein, wie viel er darauf gab, in ähnlicher Haltung an einen Zaun gelehnt, des gestirnten Himmels durch das milde Gezweig eines Ölbaums hindurch gewahr zu werden, wie gesichthaft in dieser Maske der Weltraum ihm gegenüber war, oder wie, wenn er Solches lange genug ertrug, Alles in der klaren Lösung seines Herzens so vollkommen aufging, daß der Geschmack der Schöpfung in seinem Wesen war. Er hielt es für möglich, daß, bis in seine dumpfe Kindheit zurück, solche Hingegebenheiten sich würden bedenken lassen; mußte er doch nur an die Leidenschaft erinnert werden, die ihn immer schon ergriff, wo es galt, sich dem Sturm auszusetzen, wie er, auf großen Ebenen schreitend, im Innersten erregt, die fortwährend vor ihm erneute Windwand durchbrach, oder vorn auf einem Schiffe stehend, blindlings, sich durch dichte Fernen hinreißen ließ, die sich fester hinter ihm schlossen. Aber wenn, von Anfang an, das elementarische Hinstürzen der Luft, des Wassers reines und vielfältiges Benehmen und was Heroisches im Vorgang der Wolken war, ihn über die Maßen ergriff, ja ihm, der es im Menschlichen nie zu fassen vermochte, recht eigentlich als Schicksal an die Seele trat, so konnte ihm nicht entgehen, daß er nun, seit den letzten Einflüssen, solchen Beziehungen gleichsam endgültig übergeben sei. Etwas sanft Trennendes unterhielt zwischen ihm und den Menschen einen reinen, fast scheinenden Zwischenraum, durch den sich wohl Einzelnes hinüberreichen ließ, der aber jedes Verhältnis in sich aufsaugte und, überfüllt davon, wie ein trüber Rauch Gestalt von Gestalt betrog. Noch wußte er nicht, wie weit den Anderen seine Abgeschiedenheit zum Eindruck kam. Was ihn selbst anging, so verlieh erst sie ihm eine gewisse Freiheit gegen die Menschen, – der kleine Anfang von Armut, um den er leichter war, gab ihm unter diesen aneinander Hoffenden und Besorgten, in Tod und Leben Gebundenen, eine eigene Beweglichkeit. Noch war die Versuchung in ihm, ihrem Beschwerten sein Leichtes entgegenzuhalten, obwohl er schon einsah, wie er sie darin täuschte, da sie ja nicht wissen konnten, daß er nicht (wie der Held) in allen ihren Bindungen, nicht in der schweren Luft ihrer Herzen, zu seiner Art Überwindung gekommen war, sondern draußen, in einer menschlich so wenig eingerichteten Geräumigkeit, daß sie sie nicht anders als »das Leere« nennen würden. Alles, womit er sich an sie wenden durfte, war vielleicht seine Einfalt; es blieb ihm aufbewahrt, ihnen von der Freude zu reden, wo er sie zu sehr in den Gegenteilen des Glücks befangen fand, auch wohl ihnen einzelnes aus seinem Umgang mit der Natur mitzuteilen, Dinge, die sie versäumten oder nur nebenbei in Betracht nahmen. *Werke VI, 1036-1042*

Die Freude, die mir damals Ihr schön beschreibender Brief bereitet hat, war mir durch keinerlei Umstand wieder wegzuenttäuschen, denn die Realität jeder Freude ist unbeschreiblich in der Welt, nur in der Freude geht noch die Schöpfung vor sich (das Glück dagegen ist nur eine versprechliche und deutsame Konstellation schon vorhandener Dinge), die Freude aber ist eine wunderbare Vermehrung des schon Bestehenden, ein purer Zuwachs aus dem Nichts heraus. Wie schwach muß im Grunde doch das Glück uns beschäftigen, da es uns sofort Zeit läßt, an seine Dauer zu denken und darum besorgt zu sein: die Freude ist ein Moment, unverpflichtet, von vornherein zeitlos; nicht zu halten, aber auch nicht eigentlich wieder zu verlieren, indem unter ihrer Erschütterung unser Wesen sich gewissermaßen chemisch verändert, nicht nur, wie es im Glück der Fall sein mag, in einer neuen Mischung sich selber kostet und genießt.

Briefe I (Ilse Erdmann, 31. 1. 1914), 476 f.

Natur ist glücklich. Doch in uns begegnen
sich zuviel Kräfte, die sich wirr bestreiten:
wer hat ein Frühjahr innen zu bereiten?
Wer weiß zu scheinen? Wer vermag zu regnen?

Wem geht ein Wind durchs Herz, unwidersprechlich?
Wer faßt in sich der Vogelflüge Raum?
Wer ist zugleich so biegsam und gebrechlich
wie jeder Zweig an einem jeden Baum?

Wer stürzt wie Wasser über seine Neigung
ins unbekannte Glück so rein, so reg?

Und wer nimmt still und ohne Stolz die Steigung
und hält sich oben wie ein Wiesenweg?

Werke II, 449

Schmetterling, das meine und das ihre,
der Natur und meins, wie du's verbrückst:
unser Glück, wenn du an dem Spaliere
leicht, wie in Entwürfen, weiterrückst.

Eben schien ich mir noch unberechtigt,
dieses Künftigen ein Teil zu sein;
denn du glaubst nicht, wie es uns verdächtigt,
unser Herz, das schwer ist und allein.

Doch nun hast du meines Blickes Faden
eingezogen ins Aprilgeweb,
und ich tu dem frohen Teppich Schaden,
wenn ich noch im Webstuhl widerstreb.

Werke II, 124

Nie hat Dauer und Wahnsinn des Krieges mich eindringlicher bedrängt, als in diesen Wochen. Dazu diese Unlust im Jahr, – aufzuwachen und jeden Morgen diesen kalt triefenden Schnee zu sehen, der in den gleichgültigsten Abständen den teilnamslosen Raum mustert, ich kann mir nichts Anstehenderes vorstellen – –, und doch, wenn das Andere natürlich Künftige schließlich einsetzt, der Vorfrühling, der Frühling selbst, – ich weiß nicht, wirds nicht noch quälender, ja unmöglich sein, in so obstinat arger untergängiger Welt am Arglosesten und Hoffendsten sein menschlich Teil zu haben? *K. Kippenberg (23. 4. 1917), 226*

Ich nehme an, Sie sind nun schon ganz in Lautschin installiert; war der Frühling dort auch so reich und schon gleich sommerhaft? Hier war er von unerhörter Gleichzeitigkeit des Blühens, aber ich konnte ihn nicht mitmachen, so weit schien mir das Menschliche diesmal ins Arge fortgerückt, aus allem Glück und Gleichmuth der Natur hinaus.

Taxis II (11. 6. 1917), 504

DIE HAND

Siehe die kleine Meise,
hereinverirrte ins Zimmer:
zwanzig Herzschläge lang
lag sie in einer Hand.
Menschenhand. Einer zu schützen entschlossenen.
Unbesitzend beschützenden.
Aber
jetzt auf dem Fensterbrett
frei
bleibt sie noch immer im Schrecken
sich selber
und dem Umgebenden fremd,
dem Weltall, erkennts nicht.
Ach so beirrend ist Hand
selbst noch im Retten.
In der beiständigsten Hand
ist noch Todes genug
und war Geld

Werke II, 463

DAS XXVI. SONETT AN ORPHEUS

Wie ergreift uns der Vogelschrei . . .
Irgend ein einmal erschaffenes Schreien.
Aber die Kinder schon, spielend im Freien,
schreien an wirklichen Schreien vorbei.

Schreien den Zufall. In Zwischenräume
dieses, des Weltraums, (in welchen der heile
Vogelschrei eingeht, wie Menschen in Träume –)
treiben sie ihre, des Kreischens, Keile

Wehe, wo sind wir? Immer noch freier,
wie die losgerissenen Drachen
jagen wir halbhoch, mit Rändern von Lachen,

windig zerfetzten. – Ordne die Schreier,
singender Gott! daß sie rauschend erwachen,
tragend als Strömung das Haupt und die Leier.

Werke I, 768 f.

Quellen, sie münden herauf,
beinah zu eilig.
Was treibt aus Gründen herauf,
heiter und heilig?

Läßt dort im Edelstein
Glanz sich bereiten,
um uns am Wiesenrain
schlicht zu begleiten.

Wir, was erwidern wir
solcher Gebärde?
Ach, wie zergliedern wir
Wasser und Erde!

Werke II, 162

Es scheint immer wieder, daß die Natur nichts davon weiß, daß wir sie bebauen und uns eines kleinen Teils ihrer Kräfte ängstlich bedienen. Wir steigern in manchen Teilen ihre Fruchtbarkeit und ersticken an anderen Stellen mit dem Pflaster unserer Städte wundervolle Frühlinge, die bereit waren, aus den Krumen zu steigen. Wir führen die Flüsse zu unseren Fabriken hin, aber sie wissen nicht von den Maschinen, die sie treiben. Wir spielen mit dunklen Kräften, die wir mit unseren Namen nicht erfassen können, wie Kinder mit dem Feuer spielen, und es scheint einen Augenblick, als hätte alle Energie bisher ungebraucht in den Dingen gelegen, bis wir kamen, um sie auf unser flüchtiges Leben und seine Bedürfnisse anzuwenden. Aber immer und immer wieder in Jahrtausenden schütteln die Kräfte ihre Namen ab und erheben sich, wie ein unterdrückter Stand, gegen ihre kleinen Herren, ja nicht einmal *gegen* sie, – sie stehen einfach auf, und die Kulturen fallen von den Schultern der Erde, die wieder groß ist und weit und allein mit ihren Meeren, Bäumen und Sternen.

Was bedeutet es, daß wir die äußerste Oberfläche der Erde verändern, daß wir ihre Wälder und Wiesen ordnen und aus ihrer Rinde Kohlen und Metalle holen, daß wir die Früchte der Bäume empfangen, als ob sie für uns bestimmt wären, wenn wir uns daneben einer einzigen Stunde erinnern, in welcher die Natur handelte über uns, über unser Hoffen, über unser Leben hinweg, mit jener erhabenen Hoheit und Gleichgültigkeit, von der alle ihre Gebärden erfüllt sind. Sie weiß nichts von uns. Und was die Menschen auch erreicht haben mögen, es war noch keiner so groß, daß sie teilgenommen hätte an seinem Schmerz, daß sie eingestimmt hätte in seine Freude. Manchmal begleitete sie große und ewige Stunden der Geschichte mit ihrer mächtigen brausenden Musik oder sie schien um eine Entscheidung windlos, mit angehaltenem Atem stille zu stehn oder einen Augenblick geselliger harmloser Frohheit mit flatterndem Blüten, schwankenden Faltern und hüfenden Winden zu umgeben, – aber nur um im nächsten Momente sich abzuwenden und den im Stiche zu lassen, mit dem sie eben noch alles zu teilen schien.

Der gewöhnliche Mensch, der mit den Menschen lebt und die Natur nur so weit sieht, als sie sich auf ihn bezieht, wird dieses rätselhaften und unheimlichen Verhältnisses selten gewahr. Er sieht die Oberfläche der Dinge, die er und seinesgleichen seit Jahrhunderten geschaffen haben, und glaubt gerne, die ganze Erde nehme an ihm teil, weil man ein Feld bebauen, einen Wald lichten und einen Fluß schiffbar machen kann. Sein Auge, welches fast nur auf Menschen eingestellt ist, sieht die Natur nebenbei mit, als ein Selbstverständliches und Vorhandenes, das soviel als möglich ausgenutzt werden muß. Anders schon sehen Kinder die Natur; einsame Kinder besonders, welche unter Erwachsenen aufwachsen, schließen sich ihr mit einer Art von Gleichgesinntheit an und leben in ihr, ähnlich den kleinen Tieren, ganz hingegeben an die Ereignisse des Waldes und des Himmels und in einem unschuldigen, scheinbaren Einklang mit ihnen. Aber darum kommt später für Jünglinge und junge Mädchen jene einsame, von vielen tiefen Melancholien zitternde Zeit, da sie, gerade in den Tagen des körperlichen Reifwerdens, unsäglich verlassen, fühlen, daß die Dinge und Ereignisse der Natur *nicht mehr* und die Menschen *noch nicht* an ihnen teilnehmen. Es wird Frühling, obwohl sie traurig sind, die Rosen blühen und die Nächte sind voll Nachtigallen, obwohl sie sterben möchten, und wenn sie endlich wieder zu einem Lächeln kommen, dann sind die Tage des Herbstes da, die schweren, gleichsam unaufhörlich fallenden Tage des November, hinter denen ein langer lichtloser Winter kommt. Und auf der anderen Seite sehen sie die Menschen, in gleicher Weise fremd und teilnahmslos, ihre Geschäfte, ihre Sorgen, ihre Erfolge und Freuden haben, und sie verstehen es nicht.

Werke V (Worpswede), 11-14

Es ist ja Frühling. Und der Garten glänzt
vor lauter Licht.
Die Zweige zittern zwar
in tiefer Luft, die Stille selber spricht,
und unser Garten ist wie ein Altar.

Der Abend atmet wie ein Angesicht,
und seine Lieblingswinde liegen dicht
wie deine Hände mir im Haar:
ich bin bekränzt.

Du aber siehst es nicht.
Und da sind alle Feste nichtmehr war.

Werke III, 196 f.

ABEND

Der Abend wechselt langsam die Gewänder,
die ihm ein Rand von alten Bäumen hält;
du schaust: und von dir scheiden sich die Länder,
ein himmelfahrendes und eins, das fällt;

und lassen dich, zu keinem ganz gehörend,
nicht ganz so dunkel wie das Haus, das schweigt,
nicht ganz so sicher Ewiges beschwörend
wie das, was Stern wird jede Nacht und steigt –

und lassen dir (unsäglich zu entwirrn)
dein Leben bang und riesenhaft und reifend,
so daß es, bald begrenzt und bald begreifend,
abwechselnd Stein in dir wird und Gestirn.

Werke I, 405

NACHTHIMMEL UND STERNENFALL

Der Himmel, groß, voll herrlicher Verhaltung,
ein Vorrat Raum, ein Übermaß von Welt.
Und wir, zu ferne für die Angestaltung,
zu nahe für die Abkehr hingestellt.

Da fällt ein Stern! Und unser Wunsch an ihn,
bestürzten Aufblicks, dringend angeschlossen:
Was ist begonnen, und was ist verflossen?
Was ist verschuldet? Und was ist verziehn?

Werke II, 175

Kommt mein Frühling erst noch?
Ist er schon lange gewesen?
Keine Stimme steht auf und giebt mir Bescheid.
Über Traurigsein, Träumen und Lesen
vergeht meine Zeit.

Steht mir das noch zu tun bevor
was das Leben von mir verlangt

Werke III, 769

Wenn Sie sich an die Natur halten, an das Einfache in ihr, an das Kleine, das kaum einer sieht, und das so unversehens zum Großen und Unermeßlichen werden kann; wenn Sie diese Liebe haben zu dem Geringen und ganz schlicht als ein Dienender das Vertrauen dessen zu gewinnen suchen, was arm scheint: dann wird Ihnen alles leichter, einheitlicher und irgendwie versöhnender werden, nicht im Verstande vielleicht, der staunend zurückbleibt, aber in Ihrem innersten Bewußtsein, Wach-sein und Wissen. Sie sind so jung, so vor allem Anfang, und ich möchte Sie, so gut ich es kann, bitten, lieber Herr, Geduld zu haben gegen alles Ungelöste in Ihrem Herzen und zu versuchen, *die Fragen selbst* liebzuhaben wie verschlossene Stuben und wie Bücher, die in einer sehr fremden Sprache geschrieben sind. Forschen Sie jetzt nicht nach den Antworten, die Ihnen nicht gegeben werden können, weil Sie sie nicht leben könnten. Und es handelt sich darum, alles zu leben. *Leben* Sie jetzt die Fragen. Vielleicht leben Sie dann allmählich, ohne es zu merken, eines fernen Tages in die Antwort hinein.

Briefe I (Franz Xaver Kappus, 16. 7. 1903), 48 f.

Was mich angeht, so rechtfertige ich manchmal meine arge, labile Empfindlichkeit mit den allzufrühen Schrecknissen und Leistungen meiner Kindheit (oh, damals war ich imstand auf den Steinen zu liegen, damit Gott sich zu mir eher überwände) –, jetzt wart ich, daß manches an mir gut gemacht werde, ein gewisser eigensinniger effort des Menschlichen ist mir fremd geworden, – die Pflanze, das Ding – sie schämen sich auch nicht, wenn sie es gut und richtig haben, sie gedeihen einfach und sind, was zu sein ihnen gegeben ist, mit vollkommener Freude. Da ist meine Ausrede; aber sie will Ihrer Meinung nicht zuvor sein, ich nehm sie auch gerne zurück, wenn Sie sagen: nein, nein, – obzwar ich vermuthe, daß Sie das gerade gerne verstehen werden, da Sie ihn doch selber kennen, diesen Wunsch, im Rechte der Natur zu sein, in der Zuflucht ihres Gleichgewichts gesichert gegen die Willkür, mit der die Menschen das Ihrige gebrauchen. *Wunderly I (12. 12. 1919), 29 f.*

Du mußt das Leben nicht verstehen,
dann wird es werden wie ein Fest.
Und laß dir jeden Tag geschehen
so wie ein Kind im Weitergehen
von jedem Wehen
sich viele Blüten schenken läßt.

Sie aufzusammeln und zu sparen,
das kommt dem Kind nicht in den Sinn.
Es löst sie leise aus den Haaren,
drin sie so gern gefangen waren,
und hält den lieben jungen Jahren
nach neuen seine Hände hin.

Werke I, 153

Ich glaube, daß fast alle unsere Traurigkeiten Momente der Spannung sind, die wir als Lähmung empfinden, weil wir unsere befremdeten Gefühle nicht mehr leben hören. Weil wir mit dem Fremden, das bei uns eingetreten ist, allein sind, weil uns alles Vertraute und Gewohnte für einen Augenblick fortgenommen ist; weil wir mitten in einem Übergang stehen, wo wir nicht stehen bleiben können. Darum geht die Traurigkeit auch vorüber: das Neue in uns, das Hinzugekommene, ist in unser Herz eingetreten, ist in seine innerste Kammer gegangen und ist auch dort nicht mehr, – ist schon im Blut. Und wir erfahren nicht, was es war. Man könnte uns leicht glauben machen, es sei nichts geschehen, und doch haben wir uns verwandelt, wie ein Haus sich verwandelt, in welches ein Gast eingetreten ist. Wir können nicht sagen, wer gekommen ist, wir werden es vielleicht nie wissen, aber es sprechen viele Anzeichen dafür, daß die Zukunft in solcher Weise in uns eintritt, um sich in uns zu verwandeln, lange bevor sie geschieht. Und darum ist es so wichtig, einsam und aufmerksam zu sein, wenn man traurig ist: weil der scheinbar ereignislose und starre Augenblick, da unsere Zukunft uns betritt, dem Leben so viel näher steht als jener andere laute und zufällige Zeitpunkt, da sie uns, wie von außen her, geschieht. Je stiller, geduldiger und offener wir als Traurige sind, um so tiefer und um so unbeirrter geht das Neue in uns ein, um so besser erwerben wir es, um so mehr wird es *unser* Schicksal sein, und wir werden uns ihm, wenn es eines späteren Tages »geschieht« (das heißt: aus uns heraus zu den anderen tritt), im Innersten verwandt und nahe fühlen. Und das ist nötig. Es ist nötig und dahin wird nach und nach unsere Entwicklung gehen –, daß uns nichts Fremdes widerfahre, sondern nur das, was uns seit lange gehört. Man hat schon so viele Bewegungs-Begriffe umdenken müssen, man wird auch allmählich erkennen lernen, daß das, was wir Schicksal nennen, aus den Menschen heraustritt, nicht von außen her in sie hinein.

Briefe I (Franz Xaver Kappus, 12. 8. 1904), 97-99

Es ist die eine, immer wieder bestätigte Erfahrung, zu der ich langsam vorgeschritten bin nach einer bangen vielverzagenden Kindheit, daß die wirklichen Fortschritte meines Lebens gewaltsam nicht heraufbewegt werden können, daß sie lautlos eintreten und daß ich an ihnen beschäftigt bin, wenn ich still und inständig an den Dingen arbeite, die ich im tiefsten Sinne als meine Aufgaben erkannt habe.

Heydt (21. 2. 1907), 116

Aber nach alledem und nach gewissen bangen und tiefen Ereignissen, die alles was war eigenthümlich verknüpft und gedeutet haben, müßte, muß eine Zeit für mich kommen, mit meinem Erleben allein zu sein, ihm zu gehören, es umzubilden: denn schon drückt mich all das Unverwandelte und verwirrt mich; es war nur ein Ausdruck für diesen Zustand, daß ich mich mehr als je sehnte, diesen Frühling, der an alles heranreichte und rührte, wie einen Beruf auf mich zu nehmen: denn er wäre zum äußersten Anlaß für so vieles geworden, was nur auf einen Anstoß wartet. Ich glaube nicht, daß ich mich täusche, wenn ich meine, daß mein Alter (ich werde in diesem Jahr einunddreißig) und alle anderen Umstände dafür sprechen, daß ich, falls ich mich jetzt zu meinen nächsten Fortschritten zusammenfassen dürfte, ein paar Arbeiten zu stande bringen könnte, die gut wären, mir innerlich weiterhelfen und vielleicht auch äußerlich eine Sicherung meines Lebens anbahnen könnten, die durch die bisherigen Bücher nicht gegeben, aber doch gleichsam für später nicht ganz abgesprochen ist.

Heydt (18. 4. 1906), 59

Du darfst nicht warten, bis Gott zu dir geht
und sagt: Ich bin.
Ein Gott, der seine Stärke eingesteht,
hat keinen Sinn.
Da mußt du wissen, daß dich Gott durchweht
seit Anbeginn,
und wenn dein Herz dir glüht und nichts verrät,
dann schafft er drin.

Werke I, 200

Ich lebe mein Leben in wachsenden Ringen,
die sich über die Dinge ziehn.
Ich werde den letzten vielleicht nicht vollbringen,
aber versuchen will ich ihn.

Ich kreise um Gott, um den uralten Turm,
und ich kreise jahrtausendelang;
und ich weiß noch nicht: bin ich ein Falke, ein Sturm
oder ein großer Gesang.

Werke I, 253

DER ÖLBAUM-GARTEN

Er ging hinauf unter dem grauen Laub
ganz grau und aufgelöst im Ölgelände
und legte seine Stirne voller Staub
tief in das Staubigsein der heißen Hände.

Nach allem dies. Und dieses war der Schluß.
Jetzt soll ich gehen, während ich erblinde,
und warum willst Du, daß ich sagen muß
Du seist, wenn ich Dich selber nicht mehr finde.

Ich finde Dich nicht mehr. Nicht in mir, nein.
Nicht in den andern. Nicht in diesem Stein.
Ich finde Dich nicht mehr. Ich bin allein.

Ich bin allein mit aller Menschen Gram,
den ich durch Dich zu lindern unternahm,
der Du nicht bist. O namenlose Scham ...

Später erzählte man: ein Engel kam –.

Warum ein Engel? Ach es kam die Nacht
und blätterte gleichgültig in den Bäumen.
Die Jünger rührten sich in ihren Träumen.
Warum ein Engel? Ach es kam die Nacht.

Die Nacht, die kam, war keine ungemeine;
so gehen hunderte vorbei.
Da schlafen Hunde und da liegen Steine.
Ach eine traurige, ach irgendeine,
die wartet, bis es wieder Morgen sei.

Denn Engel kommen nicht zu solchen Betern,
und Nächte werden nicht um solche groß.
Die Sich-Verlierenden läßt alles los,
und sie sind preisgegeben von den Vätern
und ausgeschlossen aus der Mütter Schooß.

Werke I, 492-494

VOR DER PASSION

O hast du dies gewollt, du hättest nicht
durch eines Weibes Leib entspringen dürfen:
Heilande muß man in den Bergen schürfen,
wo man das Harte aus dem Harten bricht.

Tut dirs nicht selber leid, dein liebes Tal
so zu verwüsten? Siehe meine Schwäche;
ich habe nichts als Milch- und Tränenbäche,
und du warst immer in der Überzahl.

Mit solchem Aufwand wardst du mir verheißen.
Was tratst du nicht gleich wild aus mir hinaus?
Wenn du nur Tiger brauchst, dich zu zerreißen,
warum erzog man mich im Frauenhaus,

ein weiches reines Kleid für dich zu weben,
darin nicht einmal die geringste Spur
von Naht dich drückt –: so war mein ganzes Leben,
und jetzt verkehrst du plötzlich die Natur.

Werke I, 676 f.

PIETÀ

Jetzt wird mein Elend voll, und namenlos
erfüllt es mich. Ich starre wie des Steins
Inneres starrt.
Hart wie ich bin, weiß ich nur Eins:
Du wurdest groß –
...... und wurdest groß,
um als zu großer Schmerz
ganz über meines Herzens Fassung
hinauszustehn.
Jetzt liegst du quer durch meinen Schooß,
jetzt kann ich dich nicht mehr
gebären.

Werke I, 677

Rom, Villa Strohl-Fern, am letzten März 1904.

Христось воскресь!
[Christós woskrjés!: Christ ist erstanden!]

Liebe Lou,

Ивановь [Iwanow] und Гоголь [Gogol] haben diese Worte einmal von hier aus geschrieben, und viele schreiben sie jetzt noch von hier in die österliche Heimat. Ach, aber es ist keine Osterstadt und kein Land, das unter großen Glocken zu liegen weiß. Es ist alles Aufwand ohne Frömmigkeit, Festvorstellung statt Fest.

Mir war ein einziges Mal Ostern; das war damals in jener langen, ungewöhnlichen, ungemeinen, erregten Nacht, da alles Volk sich drängte, und als der Ивань Великий [Ivan Velikij: Ivan der Große, Name eines Glockenturms im

Kreml] mich schlug in der Dunkelheit, Schlag für Schlag. Das war mein Ostern, und ich glaube es reicht für ein ganzes Leben aus: Die Botschaft ist mir in jener moskauer Nacht seltsam groß gegeben worden und ins Herz, Ich weiß es jetzt: Христось воскресь!

Gestern sang man in Sankt-Peter Palestrina. Aber es war nichts. Es zergeht alles in diesem hoffährtig-großen leeren Haus, das wie eine hohle Puppe ist, aus der ein dunkler Riesen-Schmetterling ausgekrochen ist. Heute aber war ich viele Stunden lang in einer kleinen griechischen Kirche; ein Patriarch war da in einem großen Kleid und durch das Kaiserthor des *Ikonostas* brachten sie ihm in langer Reihe seinen Schmuck: seine große Krone, seinen Stab aus Elfenbein, Gold und Perlmutter, ein Gefäß mit Hostien und einen goldenen Kelch. Und er nahm alles an und küßte die Träger, und es waren lauter Greise, die ihm das brachten. Und später sah man sie, die alten Männer mit den goldenen Mänteln und den Bärten, im Allerheiligsten um den großen, einfachen, steinernen Tisch stehen und lange lesen. Und draußen, vor der Bilderwand standen rechts und links, einander gegenüber, junge Klosterschüler, die sich ansangen, mit erhobenen Köpfen und gestreckten Kehlen, wie schwarze Vögel in Frühlingsnächten.

Da habe ich Dir, liebe Lou, Христось воскресь gesagt.

Und dann, gleich darauf, als ich nachhause kam, war Deine Karte da, auf der es stand. Ich danke Dir.

Und für den Brief danke ich Dir und für das liebe Bild. Mir ist damit noch viel mehr erfüllt worden als die eine Bitte; Vergangenes, das verloren war, und Kommendes, das nicht kommen konnte, hält sich daran und steigt damit auf, liebe Lou.

Der Krieg – unser Krieg –, ist fast wie eine körperliche Unruhe in mir, – aber ich lese wenig von ihm, weil Zeitungen mir ganz entwöhnt und zuwider sind und weil sie ja alles entstellen. In der »Zeit« (Tageblatt der *Zeit*) war vor einigen Tagen der Brief eines russischen Offiziers, den ich mitsende; freilich, man hat nichteinmal den Takt gehabt, diese schlichte, zitternde Nachricht, ohne kränkende Einleitung abzudrucken. Einmal las ich auch, daß der Krieg voraussichtlich Jahre dauern würde; Kuropatkin sollte es gesagt haben; aber das kann doch nicht möglich sein!

Es ist gut, daß Du in Deinem Hause bist, bei den Blumen, die kommen wollen; den Deinen bist Du ja auch so nahe, und bist doch daheim und hast den Frühling des Winters, den Du gelebt hast. Aber, daß Du krank warst ..?

Sei gesund, liebe Lou, – Dir und denen, die Dich brauchen. *Rainer.*

Andreas-Salomé (31. 3. 1904), 142-144

STILLUNG MARIAE MIT DEM AUFERSTANDENEN

Was sie damals empfanden: ist es nicht
vor allen Geheimnissen süß
und immer noch irdisch:
da er, ein wenig blaß noch vom Grab,
erleichtert zu ihr trat:
an allen Stellen erstanden.
O zu ihr zuerst. Wie waren sie da
unaussprechlich in Heilung.
Ja sie heilten, das war's. Sie hatten nicht nötig,
sich stark zu berühren.
Er legte ihr eine Sekunde
kaum seine nächstens
ewige Hand an dir frauliche Schulter.

Und sie begannen
still wie die Bäume im Frühling,
unendlich zugleich,
diese Jahreszeit
ihres äußersten Umgangs.

Werke I, 678

Du, den wir alle sangen,
du einziger und echter Christ,
du Kinderkönig, der du bist, –
ich bin allein: mein Alles ist
entgegen dir gegangen.

Du Mai, vor deinen Mienen
sieh mich bereit, die Arme weit:
dein Unmut, deine Zögerzeit,
dein Mut und deine Müdigkeit
hat alles Raum in ihnen ...

Werke I, 152

Ich liebe dich, du sanftestes Gesetz,
an dem wir reiften, da wir mit ihm rangen; du großes
Heimweh, das wir nicht bezwangen,
du Wald, aus dem wir nie hinausgegangen,
du Lied, das wir mit jedem Schweigen sangen,
du dunkles Netz,
darin sich flüchtend die Gefühle fangen.

Du hast dich so unendlich groß begonnen
an jenem Tage, da du uns begannst, –
und wir sind so gereift in deinen Sonnen,

so breit geworden und so tief gepflanzt,
daß du in Menschen, Engeln und Madonnen
dich ruhend jetzt vollenden kannst.

Laß deine Hand am Hang der Himmel ruhn
und dulde stumm, was wir dir dunkel tun.

Werke I, 268

Es ist gleichgültig, was man als sehr junger Mensch schreibt, ebenso wie es fast gleichgültig ist, was man sonst unternimmt. Die scheinbar nutzlosesten Zerstreuungen können ein Vorwand innerer Sammlung sein; ja, sie können sogar von der Natur instinktiv ergriffen werden, um die kontrollierende Beobachtung und Aufmerksamkeit eines neugierigen Intellektes von seelischen Vorgängen wegzulenken, denen daran liegt, unerkannt zu bleiben. Man darf *alles* tun, dies allein entspricht der ganzen Breite, die das Leben hat. Aber man muß sicher sein, es nicht aus Opposition auf sich zu nehmen, aus Trotz gegen hindernde Umstände oder, im Gedanken an andere, aus irgendwelchem Ehrgeiz. Man muß sicher sein, aus Lust, aus Kraft, Mut oder Übermut zu handeln: so handeln zu *müssen*.

Es ist mir später oft aufgefallen, wie sehr die Kunst eine Sache des Gewissens ist. Nichts braucht man so sehr in künstlerischer Arbeit wie das Gewissen: es ist der einzige Maßstab. (Die Kritik ist keiner, und auch die außerhalb der Kritik sich bewegende Zustimmung oder Ablehnung anderer darf nur ganz selten, unter nicht zu verwechselnden Bedingungen, Einfluß gewinnen.) Darum ist es sehr wichtig, in jenen frühen Jahren das Gewissen nicht zu mißbrauchen, nicht hart zu werden an der Stelle, auf der es liegt. Es muß leicht bleiben bei allem; man darf es ebenso wenig fühlen wie irgendein inneres, unserem Willen entzogenes Organ. Den leisesten Druck aber, der von ihm ausgeht, muß man beachten, sonst verliert die Waage, auf der man später jedes zu schreibende Vers-Wort wird prüfen müssen, ihre äußerste Beweglichkeit.

Briefe I (Herrn von W., 21. 10. 1907), 212 f.

FRÜHER APOLLO

Wie manches Mal durch das noch unbelaubte
Gezweig ein Morgen durchsieht,
der schon ganz im Frühling ist: so ist in seinem Haupte
nichts was verhindern könnte, daß der Glanz

aller Gedichte uns fast tödlich träfe;
denn noch kein Schatten ist in seinem Schaun,
zu kühl für Lorbeer sind noch seine Schläfe
und später erst wird aus den Augenbraun

hochstämmig sich der Rosengarten heben,
aus welchem Blätter, einzeln, ausgelöst
hintreiben werden auf des Mundes Beben,

der jetzt noch still ist, niegebraucht und blinkend
und nur mit seinem Lächeln etwas trinkend
als würde ihm sein Singen eingeflößt.

Werke I, 481

Junger Mensch irgendwo, in dem etwas aufsteigt, was ihn erschauern macht, nütz es, daß dich keiner kennt. Und wenn sie dir widersprechen, die dich für nichts nehmen, und wenn sie dich ganz aufgeben, die, mit denen du umgehst, und wenn sie dich ausrotten wollen, um deiner lieben Gedanken willen, was ist diese deutliche Gefahr, die dich zusammenhält in dir, gegen die listige Feindschaft später des Ruhms, die dich unschädlich macht, indem sie dich ausstreut.

Bitte keinen, daß er von dir spräche, nicht einmal verächtlich. Und wenn die Zeit geht und du merkst, wie dein Name herumkommt unter den Leuten, nimm ihn nicht ernster als alles, was du in ihrem Munde findest. Denk: er ist schlecht geworden, und tu ihn ab. Nimm einen andern an, irgendeinen, damit Gott dich rufen kann in der Nacht. Und verbirg ihn vor allen.

Werke VI (Die Aufzeichnungen des Malte Laurids Brigge), 782 f.

Clara Rilke, meine Frau, wird bald von hier fortgehen (wahrscheinlich noch vor mir) und versuchen, auf dem Lande in der Nähe von Bremen (von wo sie Schüler und Schülerinnen und Porträtaufträge am Leichtesten bekommen kann) für sich zu leben und für die Arbeit, zu der sie berufen ist. – Die kleine Ruth, unsere liebe Tochter, bleibt noch bei den Eltern meiner Frau auf dem stillen Landgut, wo ihr Leben Wurzel geschlagen hat und gut und gerade aufgeht. – Zur Erwerbsfrage, die bei jedem Wechsel, drohend und fordernd, wieder da ist, ist zu sagen, daß ich nicht vor ihr die Augen zumache und sie nicht aufschiebe, bis sie dringlicher wiederkommt; ich sehe sie und weiß immer, daß sie da ist. Wenn ich trotzdem bei der jetzigen Ortswahl ihr nicht die wichtigste Stimme gebe, so geschieht es in der immer größer gewordenen Überzeugung, daß aus meiner Arbeit heraus mir eines Tages mein Brot kommen muß; denn sie ist Arbeit und als solche nothwendig und es muß möglich sein (oder möglich werden) sie zu thun und zu leben, wenn sie nur gut gethan wird. Kunst ist ja ein weitester Lebensweg, und wenn ich denke, wie gering und anfängerhaft das ist, was ich bisher gethan habe, so wundert es mich nicht, daß diese Leistung (die einem fußbreiten Streifen halb-bebauten Ackers gleicht) mich nicht ernährt. Pläne tragen ja nichts und voreilig Gesäetes geht nicht auf. Geduld und Arbeit aber sind wirklich und können sich jeden Augenblick in Brot verwandeln. *»Il faut toujours travailler«* sagte mir Rodin jedesmal sooft ich ihm von des täglichen Lebens Zwiespalt zu klagen versuchte; andere Lösung wußte er nicht und es war ja auch seine gewesen. Jahrzehnte lang verleugnete man ihn und hätte er da mit seinen Plänen gelebt und besserer Tage gewartet, so wäre alles wie über nichts über ihn weggegangen; da aber seine Welt aufstand unter den Leuten, zwang sie sie stehen zu bleiben und war ein Hindernis, mit dem man sich beschäftigen mußte. – Bei meiner Arbeit zu bleiben und alles Zutrauen zu haben *nur* zu ihr, das lerne ich von seinem großen und großgegebenen Beispiel, wie ich Geduld lerne von ihm; meine Erfahrung sagt mir freilich immer wieder, daß ich nicht mit sehr viel Kraft zu rechnen habe und deshalb will ich auch, solang es sich irgend machen läßt, nicht Zweierlei thun, Erwerb und Arbeit nicht trennen, vielmehr versuchen in dem einen, konzentrierten Bestreben beides zu finden: nur so kann mein Leben etwas Gutes und Nothwendiges werden, und aus ererbter und unreifer Zerrissenheit zusammenheilen zu einem tragenden Stamm.

Andreas-Salomé (12. 5. 1904), 158 f.

Heinrich Vogeler fand in Worpswede den Boden für seine Wirklichkeit. Seine Kunst ist zuerst ein seliges und entzücktes Voraussagen derselben, und alle Märchen seines großen alten Skizzenbuches fangen mit den Worten: »Es wird einmal sein ..« an. Zeichnungen und Radierungen erzählen, feinstimmig und flüsternd, von dem Künftigen. Und später – in Bildern – feiert er, reif und dankbar, die Erfüllungen seines Lebens. Das ist der eigentliche Inhalt seiner Kunst. Was ihn sonst noch beschäftigt, sind Erinnerungen aus Tagen oder Träumen, die er geheimnisvoll, wie Märchen, erzählt. Ein unermüdliches Erforschen der Formen geht nebenher, das ihn immer fähiger macht, Alles, bis in die Nuancen genau so zu sagen, wie er es erlebt. Und er erlebt es ungewöhnlich und neu, so daß seine Kunstsprache sich viele Ausdrücke schaffen mußte, um seinen Erlebnissen folgen zu können.

Aber auch ganz am Anfang, als sie nur wenig Worte besitzt, gebraucht er keine fremden Ausdrücke neben ihr und bedient sich ihrer, als ob sie unerschöpflich wäre. Und in jenen frühen radierten Blättern trägt gerade das Lückenhafte und stellenweise Ungeschickte der eigenartigen Formensprache dazu bei, den Reiz des Inhaltes zu erhöhen. Es besteht ein gewisser Parallelismus zwischen diesen schütteren Strichen und dem durchscheinenden und dürftigen Wesen der allerersten Frühlingstage, von denen er erzählt. Dünne Birken, Wiesen, in denen schüchtern frühe Blumen stehen, und ein großmaschiges Netz von Ästen, durch welches überall der blasse Himmel sieht. Manchmal sitzt ein schlankes Mädchen, ein stilles, gekröntes Kind, im Gras und schaut mit weiten Augen, fortwährend staunend, den Vögeln zu, die zu Neste tragen; manchmal steht eine Burg in der Ferne und alle Wege im ganzen Land gehen neugierig auf sie zu; manchmal ist es Wald im Hintergrund und vor dem Walde steht ein Ritter aufrecht da und bewacht das nachdenkliche Spiel der Schlangenbraut. Oder es kommt eine schmale Quelle gegangen im hohen Gras, und am Horizont vor den weißen eiförmigen Frühlingswolken taucht ein Knabe auf, ein Hund, Ziegen ... Und dann kann man sehen, wie der Frühling wächst: die Bäume scheinen näher zusammenzutreten, die Wege werden heimlicher und bereiten sich vor, zu den ersten Liebestagen hinzuführen.

Werke V (Worpswede), 121-123

Bewegt von altem griechischem Blut, von orientalischen Sinnen restlos und gleichzeitig bedient, riß dieses Herz schon die Kindheit, die ganz nahe herankommt, so leidenschaftlich in sich hinein, wurde schon von den frühen Bildern der Landschaften Savoyens und der Ile-de-France zu so großer Glücks- und Leidensmöglichkeit ausgedehnt, daß kein Schicksal mehr es je hätte füllen können. Die Jahreszeiten traten bei ihm ein, vorsichtig erst, denn sie waren nicht mehr gewohnt, ein Herz so offen zu finden. Aber bald halten sich die Frühlinge nicht zurück in seinem seligen Klima und wachsen zu dichten Sommern an und lassen nichts draußen, und breiten sich aus auf der Insel dieses Herzens; sie führen auf ihr die kleinen Kräuter ein und die vollen Blumen, die Obstbäume und die willigen Gemüse, Salbei und Minze und Melisse und alle die Minoriten des niederen Blühens. Uralte Pflanzen: den duftenden Kerbel, Eppich, Quendel und Lattich, Borretsch und Thymian, Epheu, Vinca und Klee. Und das mutige Herz hält sich immer noch offen und nimmt Rosen und Rosen herein, die seltenen Arten und ihren reichen Geruch; Myrte und Granatapfel haben Raum, Klematis, Orange und Lorbeer, Safran und Bisamzitrone und der scharfe japanische Kampferbaum: dieses

Herz ist südlich genug. Schmetterlinge werden mit hineingerissen, und die Vögel bringen den Himmel mit und der Himmel die Sonne.

Und nun begreift man, daß aus diesem Innern Lieder kommen müssen, Tag und Nacht; denn in ein Herz verpflanzt, hat das alles Stimme bekommen und redet untereinander und flüstert und ruft hinaus. Aber mit seiner Wortwerdung verliert es zugleich die einseitige Seligkeit des bloßen Seins. Draußen ist Werden und Anwachsen und Vergehen gleich gut; in einem Herzen aber wird es von selbst Glück und Sorge. Und da diese furchtlose Liebende zu sich kommt, findet sie in sich beides zu groß; die Welt, die sie sich zugemutet hat, übersteigt den Widerstand ihres zarten einzelnen Lebens, und sie müßte ihrem Innern erliegen, stünde nicht in ihr eine Seele auf, mutiger noch als ihr Herz.

Taxis II (28. 12. 1909), 892 f.

Weißt du noch: fallende Sterne, die
quer wie Pferde durch die Himmel sprangen
über plötzlich hingehaltne Stangen
unsrer Wünsche – hatten wir so viele? –
denn es sprangen Sterne, ungezählt;
fast ein jeder Aufblick war vermählt
mit dem raschen Wagnis ihrer Spiele,
und das Herz empfand sich als ein Ganzes
unter diesen Trümmern ihres Glanzes
und war heil, als überstünd es sie!

Werke II, 164

Es giebt so viele Dinge, von denen ein alter Mann einem erzählten müßte, solange man klein ist; denn wenn man erwachsen ist wäre es selbstverständlich, sie zu kennen. Da sind die Sternenhimmel, und ich weiß nicht, was die Menschen über sie schon erfahren haben, ja, nichteinmal die Anordnung der Sterne kenne ich. Und so ist es mit den Blumen, mit den Tieren, mit den einfachsten Gesetzen, die da und dort wirksam sind und durch die Welt gehen mit ein paar Schritten von Anfang nach Ende. Wie Leben entsteht, wie es wirkt in den geringen Wesen, wie es sich verzweigt und ausbreitet, wie Leben blüht, wie es trägt: alles das zu lernen verlangt mich. Durch Teilnahme an alledem mich fester an die Wirklichkeit zu binden, die mich so oft verleugnet, – *dazusein*, nicht nur dem Gefühle, sondern auch dem Wissen nach, immer und immer, das ist es glaube ich, was ich brauche um sicherer zu werden und weniger heimatlos. Du fühlst, daß ich nicht Wissenschaften will, denn es gehört ein Leben für eine jede und keines reicht aus für ihren Anfang; aber aufhören möchte ich, ein Ausgeschlossener zu sein, einer der die tiefere Zeitung seiner Zeit, die weiter hinausweist und zurückreicht, nicht lesen kann, ein Gefangener, der alles ahnt, aber die kleine Gewißheit nicht hat ob jetzt gerade Tag oder Abend ist, Frühling oder Winter. Ich möchte irgendwo wo man das kann, das lernen, was ich wahrscheinlich wüßte, wenn ich auf dem Lande und bei wesentlicheren Menschen hätte aufwachsen dürfen und das, was eine unpersönliche und hastige Schule mir zu sagen versäumt hat und das andere, was seither gefunden und erkannt worden ist und dazu gehört. Nicht Kunstgeschichte und andere Geschichte, nicht das Wesen philosophischer Systeme möchte ich kennen lernen, – nur ein paar große und einfache Gewißheiten, die für alle da sind, möchte ich mir holen und verdienen dürfen; ein paar Fragen möchte ich tun dürfen, Fragen wie Kinder sie tun, zusammenhanglos für den Außenstehenden, aber voll Familienähnlichkeit für mich, der ich ihre Geburt und Abstammung kenne bis ins zehnte Glied.

Andreas-Salomé (12. 5. 1904), 161-163

Dies überstanden haben: auch das Glück
freudig bestanden haben, still und gründlich.
Bald war die Prüfung stumm, bald war sie mündlich.
Wer schaute nicht verwundert her zurück?

Gekonnt hats keiner, denn das Leben währt,
weils keiner konnte. – Aber der Versuche
Unendlichkeit. Das neue Grün der Buche
ist nicht so neu, wie was uns widerfährt.

Waldtaube gurrt. Und wieder scheint dir ach
was du erlittest, wie noch unerlitten.
Der Vogel ruft. Du bist inmitten
des Vogelrufs. Zugleich erwacht und schwach.

Werke II, 463

LIEBESANFANG

O Lächeln, erstes Lächeln, unser Lächeln.
Wie war das Eines: Duft der Linden atmen,
Parkstille hören –, plötzlich in einander
aufschaun und staunen bis heran ans Lächeln.

In diesem Lächeln war Erinnerung
an einen Hasen, der da eben drüben

im Rasen spielte; dieses war die Kindheit
des Lächelns. Ernster schon war ihm des Schwanes
Bewegung eingegeben, den wir später
den Weiher teilen sahen in zwei Hälften
lautlosen Abends. – Und der Wipfel Ränder
gegen den reinen, freien, ganz schon künftig
nächtigen Himmel hatten diesem Lächeln
Ränder gezogen gegen die entzückte
Zukunft im Antlitz.

Werke II, 99 f.

Noch fast gleichgültig ist dieses Mit-dir-sein ...
Doch über ein Jahr schon, Erwachsenere, kann es
vielleicht dem Einen,
der dich gewahrt, unendlich bedeuten:
Mit dir sein!

Ist Zeit nichts? Auf einmal kommt doch durch sie
dein Wunder. Daß diese Arme,
gestern dir selber fast lästig, einem,
den du nicht kennst, plötzlich Heimat
versprechen, die er nicht kannte. Heimat und Zukunft.

Daß er zu ihnen, wie nach Sankt-Jago di Compostella,
den härtesten Weg gehen will, lange,
alles verlassend. Daß ihn schon die Richtung
zu dir ergreift. Allein schon die Richtung
scheint ihm das Meiste. Er wagt kaum,
jemals ein Herz zu enthalten, das ankommt.

Gewölbter auf einmal, verdrängt deine heitere Brust
ein wenig mehr Mailuft: dies wird sein Atem sein,
dieses Verdrängte, das nach dir duftet.

Werke II, 165 f.

DER DUFT

Wer bist du, Unbegreiflicher: du Geist,
wie weißt du mich von wo und wann zu finden,
der du das Innere (wie ein Erblinden)
so innig machst, daß es sich schließt und kreist.
Der Liebende, der eine an sich reißt,
hat sie nicht nah; nur du allein bist Nähe.
Wen hast du nicht durchtränkt als ob du jähe
die Farbe seiner Augen seist.

Ach, wer Musik in einem Spiegel sähe,
der sähe dich und wüßte, wie du heißst.

Werke II, 29

Will dir den Frühling zeigen,
der hundert Wunder hat.
Der Frühling ist waldeigen
und kommt nicht in die Stadt.

Nur die weit aus den kalten
Gassen zu zweien gehn
und sich bei den Händen halten –
dürfen ihn einmal sehen.

Werke I, 126

Du, der ichs nicht sage, daß ich bei Nacht
weinend liege,
deren Wesen mich müde macht
wie eine Wiege.
Du, die mir nicht sagt, wenn sie wacht
meinetwillen:
wie, wenn wir diese Pracht
ohne zu stillen
in uns ertrügen?
– – – – – –
Sieh dir die Liebenden an,
wenn erst das Bekennen begann,
wie bald sie lügen.
– – – – – –
Du machst mich allein. Dich einzig kann ich vertauschen.
Eine Weile bist dus, dann wieder ist es das Rauschen,
oder es ist ein Duft ohne Rest.
Ach, in den Armen hab ich sie alle verloren,
du nur, du wirst immer wieder geboren:
weil ich niemals dich anhielt, halt ich dich fest.

Werke VI (Die Aufzeichnungen des Malte Laurids Brigge), 936

Du im Voraus
verlorne Geliebte, Nimmergekommene,
nicht weiß ich, welche Töne dir lieb sind.
Nicht mehr versuch ich, dich, wenn das Kommende wogt,
zu erkennen. Alle die großen
Bilder in mir, im Fernen erfahrene Landschaft,
Städte und Türme und Brücken und un-
vermutete Wendung der Wege
und das Gewaltige jener von Göttern
einst durchwachsenen Länder:

steigt zur Bedeutung in mir
deiner, Entgehende, an.

Ach, die Gärten bist du,
ach, ich sah sie mit solcher
Hoffnung. Ein offenes Fenster
im Landhaus –, und du tratest beinahe
mir nachdenklich heran. Gassen fand ich, –
du warst sie gerade gegangen,
und die Spiegel manchmal der Läden der Händler
waren noch schwindlich von dir und gaben erschrocken
mein zu plötzliches Bild. – Wer weiß, ob derselbe
Vogel nicht hinklang durch uns
gestern, einzeln, im Abend?

Werke II, 79

Hier treiben die Büsche und Bäume, nicht mehr aufzuhalten, aber die Welt um sie herum ist wieder trübsinnig geworden, es regnet, es trieft, man wundert sich, daß es nicht Schnee ist, soviel Indifferenz scheint im Himmel zu sein. Auf der Erde ist Frühling und im Himmel Ablehnung, und ich übersetze (endlich nun) die Briefe der Marianna Alcoforado. Da ist dasselbe Verhältnis, Chamilly war der Himmel, aber Gott war ohne Zweifel gerade auf Erden mitten in diesem unvergänglichen Herzen der portugiesischen Nonne. Ich sehe, wasfür eine Schmach die deutsche Übertragung war und mich freuts, von den hinreißendsten Briefen, die je geschrieben worden sind, eine persönliche und überzeugte Version zu geben. Wasfür eine rücksichtslose Herrlichkeit, aber wie *furchtbar*, Liebe zu entzünden, welcher Brand, welches Unheil, welcher Untergang. *Selbst* zu brennen freilich, wenn mans kann, ja das möchte wohl des Lebens und des Todes werth sein. So ein Verhältnis wie das der Nonne müßte an den Ausgang aller Tage zu liegen kommen, diese Schreye und dann nur noch eine kleine Stille, durchgehend, *un silence universel*, und dann gleich die Posaunen. Es ist lächerlich, nach dieser Stimme, diesem Erlebnis, das durch alle Grade des Herzens hindurchreicht, noch weiter Liebe zu stümpern, ein bischen glücklich, nicht hinreichend unglücklich zu sein und mit alledem Zeit zu verbringen, die gewissermaßen schon verbracht ist, eh man sie anfängt.

Taxis I (10. 4. 1913), 283 f.

Liebhaben von Mensch zu Mensch: das ist vielleicht das Schwerste, was uns aufgegeben ist, das Äußerste, die letzte Probe und Prüfung, die Arbeit, für die alle andere Arbeit nur Vorbereitung ist. Darum *können* junge Menschen, die Anfänger in Allem sind, die Liebe noch nicht: sie müssen sie lernen. Mit dem ganzen Wesen, mit allen Kräften, versammelt um ihr einsames, banges, aufwärts schlagendes Herz, müssen sie lieben lernen. Lernzeit aber ist immer eine lange, abgeschlossene Zeit, und so ist Lieben für lange hinaus und weit ins Leben hinein –: Einsamkeit, gesteigertes und vertieftes Alleinsein für den, der liebt. Lieben ist zunächst nichts, was aufgehen, hingeben und sich mit einem Zweiten vereinen heißt (denn was wäre eine Vereinigung von Ungeklärtem und Unfertigem, noch Ungeordnetem –?), es ist ein erhabener Anlaß für den Einzelnen, zu reifen, in sich etwas zu werden, Welt zu werden, Welt zu werden für sich um eines anderen willen, es ist ein großer, unbescheidener Anspruch an ihn, etwas, was ihn auserwählt und zu Weitem beruft. Nur in diesem Sinne, als Aufgabe an sich zu arbeiten (»zu horchen und zu hämmern

Tag und Nacht«) dürften junge Menschen die Liebe, die ihnen gegeben wird, gebrauchen. Das Aufgehen und das Hingeben und alle Art der Gemeinsamkeit ist nicht für sie (die noch lange, lange sparen und sammeln müssen), ist das Endliche, ist vielleicht das, wofür Menschenleben jetzt noch kaum ausreichen.

Briefe I (Franz Xaver Kappus, 14. 5. 1904), 76

Liebes Herz, ich habe Gott lange nichts gebeten (denn um meine Kunst, bitt ich ihn nicht, dazu sind wir zu stolz gegen einander: die muss er mir ins Herz stürzen, wenn ers nicht lassen kann –) Schwester, nun *bitt* ich ihn, er möchte mich Dich lieben lassen, Benvenuta, mit allen Wurzeln meines Herzens, so dass diese Liebe Dir wohlthäte, schönes Herz, dass sie Deine Freudigkeit in Dir unterhielte, dass sie der Garten sei zu der wunderbaren Jahreszeit, die Du mir entgegenbrausest, unsterbliche Freude; dass sie ein Garten sei: denn siehe, ein Garten müht sich nicht, wenn er blüht, es ist ihm eine Lust, er meint auszuruhen in jeder Blume; oh Schwester, was hab ich denn gethan, dass ich immer zu *leisten* bekam in der Liebe, dass ich ihre sonnigen Früchte nie trug, durch meine Natur, wie ein Orangenbaum seine unschuldig-seelige Fülle; dass ich damit hin- und wieder ging wie ein Marktsklave, beladen, Vorräthe tragend, die ich nicht sah, die der Gott über mich hin kaufte und in seinen Gastmahlen aufwandte, an denen mein Platz nicht war.

Hattingberg (8. 2. 1914), 49

Irgendwo blüht die Blume des Abschieds und streut
immerfort Blütenstaub, den wir atmen, herüber;
auch im kommendsten Wind atmen wir Abschied.

Werke II 502

Einmal nahm ich zwischen meine Hände
dein Gesicht. Der Mond fiel darauf ein.
Unbegreiflichster der Gegenstände
unter überfließendem Gewein.

Wie ein williges, das still besteht,
beinah war es wie ein Ding zu halten.
Und doch war kein Wesen in der kalten
Nacht, das mir unendlicher entgeht.

O da strömen wir zu diesen Stellen,
drängen in die kleine Oberfläche
alle Wellen unsres Herzens,
Lust und Schwäche,
und wem halten wir sie schließlich hin?

Ach dem Fremden, der uns mißverstanden,
ach dem andern, den wir niemals fanden,
denen Knechten, die uns banden,
Frühlingswinden, die damit entschwanden,
und der Stille, der Verliererin.

Werke II, 72 f.

Du Liebe, gewöhn Dich daran, mein Herz zu sehn, das ist gar nicht so einfach, glaub mir; es giebt freundliche herzliche Menschen, die mich in meinen Büchern gernhaben, das ist Eines; sie kommen zu mir mit dort ausgebildeten Ansprüchen, schönen klugen reinen, wie dürft ich sie enttäuschen, nein, das thu ich nicht. Aber, siehst Du, meine Bücher sind Fernrohre; es sieht einer hinein, da fliegt ihm allerhand durchs Gesicht: Himmel Wolken, Dinge, Erscheinungen, was weiß er, alles in einer kühnen tiefen Offenheit schwebend, gewaltiger, einzelner und gültiger als ers gewohnt ist, schön schön, mag er sichs gefallen lassen, aber alles das bin nicht *Ich*, *Du* weißt das, nichtwahr, sieh gut hinein in das gerichtete Rohr, dort ein kleiner kleiner lichter Punkt – hast Du ihn? – das ist mein Herz, man kanns nicht erkennen. Ach meine Schwester, ist es ein Haus? Ist es nur eine helle starre Stelle im Gestein, blind hinüberblikkend aus dem glücklichen Grün einer ringsum beschäftigten Natur? – –

Hattingberg (9. 2. 1914), 57 f.

DIE LIEBENDE

Ja ich sehne mich nach dir. Ich gleite
mich verlierend selbst mir aus der Hand,
ohne Hoffnung, daß ich Das bestreite,
was zu mir kommt wie aus deiner Seite
ernst und unbeirrt und unverwandt.

... jene Zeiten: O wie war ich Eines,
nichts was rief und nichts was mich verriet;
meine Stille war wie eines Steines,
über den der Bach sein Murmeln zieht.

Aber jetzt in diesen Frühlingswochen
hat mich etwas langsam abgebrochen

von dem unbewußten dunkeln Jahr.
Etwas hat mein armes warmes Leben
irgendeinem in die Hand gegeben,
der nicht weiß was ich noch gestern war.

Werke I, 377 f.

PERLEN ENTROLLEN

Perlen entrollen. Weh, riss eine der Schnüre?
Aber was hülf es, reih ich sie wieder: du fehlst mir,
starke Schließe, die sie verhielte, Geliebte.

War es nicht Zeit? Wie der Vormorgen den Aufgang,
wart ich dich an, blass von geleisteter Nacht;
wie ein volles Theater, bild ich ein großes Gesicht,
dass deines hohen mittleren Auftritts
nichts mir entginge. O wie ein Golf hofft ins Offne
und vom gestreckten Leuchtturm
scheinende Räume wirft; wie ein Flussbett der Wüste,
dass es vom reinen Gebirge bestürze, noch himmlisch,
der Regen, –
wie der Gefangne, aufrecht, die Antwort des einen
Sternes ersehnt, herein in sein schuldloses Fenster;
wie einer die warmen
Krücken sich wegreißt, dass man sie hin an den Altar
hänge, und daliegt und ohne Wunder nicht aufkann:
siehe, so wälz ich, wenn du nicht kommst, mich zu Ende.

Dich nur begehr ich. Muss nicht die Spalte im Pflaster,
wenn sie, armsälig, Grasdrang verspürt: muss sie
den ganzen
Frühling nicht wollen? Siehe, den Frühling der Erde.

Braucht nicht der Mond, damit sich sein Abbild
im Dorfteich
fände, des fremden Gestirns große Erscheinung? Wie kann
das Geringste geschehn, wenn nicht die Fülle der Zukunft,
alle vollzählige Zeit, sich uns entgegenbewegt?

Bist du nicht endlich in ihr, Unsägliche? Noch eine Weile,
und ich besteh dich nicht mehr. Ich altere oder dahin
bin ich von Kindern verdrängt ...

Werke II, 42 f.

BEGEGNUNG

Zu solchen Stunden gehn wir also hin
und gehen jahrelang zu solchen Stunden:
aufeinmal ist ein Horchender gefunden,
und alle Worte haben Sinn.

Alle Gebärden sind aufeinmal groß
und ausgewachsen wie ein Flügelschlagen,
sie scheinen uns einander zuzutragen,
und wir sind noch vom Fluge atemlos, –
wenn schon das Schweigen kommt, auf das wir warten,
kommt wie die Nacht, von großen Sternen breit:
zwei Menschen wachsen wie im selben Garten,
und dieser Garten ist nicht in der Zeit.

Das erste Wort wird beide wieder trennen,
ein jeder ist, mehr als vorher, allein;
sie werden lächeln und sich kaum erkennen,
aber sie werden beide größer sein.

Werke III, 695 f.

Immer wieder, ob wir der Liebe Landschaft auch kennen
und den kleinen Kirchhof mit seinen klagenden Namen
und die furchtbar verschweigende Schlucht, in welcher
die andern
enden: immer wieder gehn wir zu zweien hinaus
unter die alten Bäume, lagern uns immer wieder
zwischen die Blumen, gegenüber dem Himmel.

Werke II, 95

... denn in unserm Schauen liegt unser wahrstes Erwerben. Wollte Gott, daß unsere Hände wären, wie unsere Augen sind: so bereit im Erfassen, so hell im Halten, so sorglos im Loslassen aller Dinge; dann könnten wir wahrhaft reich werden. Reich aber werden wir nicht dadurch, daß etwas in unseren Händen wohnt und welkt, sondern es soll alles durch ihren Griff hindurchströmen wie durch das festliche Tor des Einzugs und der Heimkehr. Nicht ein Sarg sollen uns die Hände sein: ein Bett nur, darin die Dinge dämmernden Schlafes pflegen und Träume tun, aus deren Dunkel heraus ihre liebsten Verborgenheiten reden. Jenseits der Hände aber sollen die Dinge weiterwandern, stämmig und stark, und wir sollen von ihnen nichts behalten als das mutige Morgenlied, das hinter ihren verhallenden Schritten schwebt und schimmert.

Denn Besitz ist Armut und Angst; Besessenhaben allein ist unbesorgtes Besitzen.

Tagebücher, 130

Gieb deine Schönheit immer hin
ohne Rechnen und Reden.
Du schweigst. Sie sagt für dich: Ich bin.
Und kommt in tausendfachem Sinn,
kommt endlich über jeden.

Werke I, 409

Manchmal noch empfind ich völlig jenen
Kinder-Jubel, *ihn*:
da ein Laufen von den Hügellehnen
schon wie Neigung schien.

Da Geliebt-Sein noch nicht band und mühte,
und beim Nachtlicht-Schein
sich das Aug schloß wie die blaue Blüte
von dem blauen Lein.

Und da Lieben noch ein blindes Breiten
halber Arme war –,
nie so ganz um Einen, um den Zweiten:
offen, arm und klar.

Werke II, 121

Meudon, am 12. April 1906. Donnerstag vor Ostern

Erinnerst Du Dich noch, meine liebe kleine Ruth, was für eine Menge Eier wir voriges Jahr zu Ostern in Worpswede gefunden haben? Auf dem Weg zur Kuhle haben die ungeschickten Hasen sie verloren. Rechts war eines, links waren zwei, blaue und gelbe und rote und violette, und in der Kuhle da staken sie im Sand und lagen in ganzen Nestern beisammen. Und wir liefen alle herum und suchten und es waren immer noch welche da, und schließlich war Großmutter so müde geworden, daß sie sich hinlegte und einschlief und wir hätten sie beinahe vergessen, als wir wieder nachhause gingen, um in Fräulein Meyer's Haus Cacao zu trinken. Ich weiß das alles noch ganz gut und Helmuth wird es auch wissen; (frag ihn mal) und Großmutter auch.

Heuer aber bin ich nicht in Worpswede, sondern hier ganz nahe bei Paris, in meinem kleinen Häuschen, (das so aussieht, wie Du es hier siehst) und ich gucke schon immer ein bißchen zu, ob nicht auch hier was zu finden ist, aber ich sehe keinen Hasen und ich glaube, er kommt gar nicht in unseren Garten, weil wir diese drei Hunde haben, die immer aufpassen; vor denen fürchtet er sich gewiß. Und wenn ich anfange, hier im Grase zu suchen, dann kommen sie auch gleich, die drei neugierigen Hunde. Und wenn ich meine Hand unter die kleinen grünen Blätter stecke und in das Gras, das ganz neu ist, um zu sehen, ob nicht was darunter ist, dann stecken sie ganz schnell ihre Nase dazu, ihre kalte nasse Nase, und sie sind immer um mich und nicken sich gegenseitig zu und sagen sich auf hundisch: »Er sucht was für uns.« Das ist aber, wie Du weißt, gar nicht wahr. Ich denke an Dich, meine liebe liebe kleine Ruth. Helmuth, den ich herzlich grüße, soll mal mit dem Hasen sprechen und soll ihm sagen, daß Ihr umgezogen seid und wo Ihr jetzt wohnt. Ich küsse Dich, liebe kleine Ruth.
Dein Väterchen

Briefe I (Ruth Rilke, 12. 4. 1906), 123 f.

Ostern, Liebe: Haase und Rosen kamen rasch hinter einander am Samstag vor dem Feste. Er erschien so enorm, der Nesthaase, und nun hab ich ihn doch schon, unter einigen Abgaben an Anni, bis an die Basis hinunter aufgezehrt. Narzissen und Iris standen in der Milchglas-Vase – stehen noch – auf dem runden Tische, die Rosen auf dem Spinett: wunderbar, – an denen find ich mich doch am Leichtesten wieder, ich Verlorner, immer wenn ich durch den Athem ihres Dufts schritt, unversehens, dacht: c'est pourtant moi, – und mein Leben glänzte leise auf, weit zurück, an seinen dunkelsten Stellen …

Wunderly I (8. 4. 1920), 208

Am Samstag kam ein kleiner sehr lieber Brief von ›Bönli‹ die Ihren ›Auftrag‹ vollzog in Gestalt vieler Blumen, in denen ein sehr verlockend duftender Bisquit-Haase lag, mit einer Schnauze aus Rosa-Zuckerguß und einem Glöckchen um den Hals: dieses und seine braun-staunigen Haasen-Augen sind das einzige Uneßbare in seiner sonst ganz und gar verzehrlichen Natur. Die Blumen waren herrlich froh und ostrig: kleine, wie Waschkleider gestreifte Tülpchen (weiß-roth), rothe volle Ranunceln, gefüllte Anemonen von glücklichster Helligkeit–, Fräßien …. und zu diesen kamen dann Blumen um Blumen von allen Seiten, – so daß Leni am Abend eine ganze Übersiedlung ins Kühle zu bewerkstelligen hat. – Sie hat die Ostereier, (sie stehen noch zu meiner Linken auf dem Schreibtisch) köstlich zu färben verstanden, – blaue und rothe mit Farbe, die grün-gelben aber erhielten ihre sehr entzückende surface durch Einbindung in Gräser und Kräuter, deren zarte Blutenformen sich außerordentlich fein abgeprägt haben, die Veilchen haben sogar ein blaues Grün abgegeben aus ihren Vorräthen von Lila –. Das waren die Ostervorbereitungen –: aus den Feiertagen selbst ist nicht viel zu berichten, – ich war nicht recht wohl, indisponiert wie vor einer Erkältung, – vielleicht nur als Spiegelung des Wetters, das Anstrengungen macht, anders zu werden und dessen Schwankungen mir im Frühling immer viel empfindlicher werden, als im Herbst. (Wie überhaupt der Frühling so recht eigentlich die Zeit des Unbeschützt- und Wehrlosseins darstellt, daher soviel alte Leute, die sich im Herbst und Winter hinhalten, an ihm sterben.)

Wunderly I (30. 3. 1921), 399 f.

O
das Proben
in allen Vögeln geschiehts.
Horch, die kleine Treppe des Lieds,
und oben:
noch nichts
doch
der Wille
so groß schon und größer das Herz;
sein Wachsen im Raume unendlich gewährts
die Stille:
des Lichts.

(In Oster-Ei-Form)

Werke II, 462

KINDHEIT

Da rinnt der Schule lange Angst und Zeit
mit Warten hin, mit lauter dumpfen Dingen.
O Einsamkeit, o schweres Zeitverbringen …
Und dann hinaus: die Straßen sprühn und klingen
und auf den Plätzen die Fontänen springen
und in den Gärten wird die Welt so weit –.
Und durch das alles gehn im kleinen Kleid,
ganz anders als die andern gehn und gingen –:
O wunderliche Zeit, o Zeitverbringen,
o Einsamkeit.

Und in das alles fern hinauszuschauen:
Männer und Frauen; Männer, Männer, Frauen
und Kinder, welche anders sind und bunt;
und da ein Haus und dann und wann ein Hund
und Schrecken lautlos wechselnd mit Vertrauen –:
O Trauer ohne Sinn, o Traum, o Grauen,
o Tiefe ohne Grund.

Und so zu spielen: Ball und Ring und Reifen
in einem Garten, welcher sanft verblaßt,
und manchmal die Erwachsenen zu streifen,
blind und verwildert in des Haschens Hast,
aber am Abend still, mit kleinen steifen Schritten
nachhaus zu gehn, fest angefaßt –:
O immer mehr entweichendes Begreifen,
o Angst, o Last.

Und stundenlang am großen grauen Teiche
mit einem kleinen Segelschiff zu knien;
es zu vergessen, weil noch andre, gleiche

und schönere Segel durch die Ringe ziehn,
und denken müssen an das kleine bleiche
Gesicht, das sinkend aus dem Teiche schien –:
O Kindheit, o entgleitende Vergleiche.
Wohin? Wohin?

Werke I, 384 f.

DAS KARUSSELL
Jardin du Luxembourg

Mit einem Dach und seinem Schatten dreht
sich eine kleine Weile der Bestand
von bunten Pferden, alle aus dem Land,
das lange zögert, eh es untergeht.
Zwar manche sind an Wagen angespannt,
doch alle haben Mut in ihren Mienen;
ein böser Löwe geht mit ihnen
und dann und wann ein weißer Elefant.

Sogar ein Hirsch ist da, ganz wie im Wald,
nur daß er einen Sattel trägt und drüber
ein kleines blaues Mädchen aufgeschnallt.

Und auf dem Löwen reitet weiß ein Junge
und hält sich mit der kleinen heißen Hand
dieweil der Löwe Zähne zeigt und Zunge.

Und dann und wann ein weißer Elefant.

Und auf den Pferden kommen sie vorüber,
auch Mädchen, helle, diesem Pferdesprunge

fast schon entwachsen; mitten in dem Schwunge
schauen sie auf, irgendwohin, herüber –

Und dann und wann ein weißer Elefant.

Und das geht hin und eilt sich, daß es endet,
und kreist und dreht sich nur und hat kein Ziel.
Ein Rot, ein Grün, ein Grau vorbeigesendet,
ein kleines kaum begonnenes Profil –.
Und manchesmal ein Lächeln, hergewendet,
ein seliges, das blendet und verschwendet
an dieses atemlose blinde Spiel ...

Werke I, 530 f.

Sie kennen ja Paris um diese Zeit und wissen, daß man hier nicht um den Frühling kommt. Diese Stadt, die alles für sich zu nutzen weiß, läßt ihn ganz herein, spielt mit ihm, spiegelt ihn in die Himmel zurück mit dem Aufgehen ihrer Fenster. In welcher Stadt sonst kann man jenem Wind begegnen, der heute morgen im Luxembourg-Garten war. Muß ich sagen welcher? Ach, der Wind, der einem das Herz abnimmt, so daß man es auf einmal nicht selber tragen muß: er trägt es vor einem her, weiß Gott wohin. Auf den griechischen Inseln muß er stärker gewesen sein, größer, gefährlicher, hinreißender. Hier hat er etwas vom achtzehnten Jahrhundert behalten, etwas watteauhaftes; als ginge er nicht über die letzten großen Bäume hinaus, als wäre er in den Parken, wie in einem Bild: als wären diese Parke alles und der Himmel ein Überfluß, ein Geschenk, eine Verschwendung über alles hinaus.

Nádherný (30. 5. 1908), 49 f.

... also, ich melde mich in Paris; denken Sie, daß es, da ich ankam, im dichtesten Schneetreiben kaum zu finden war, so bekam ich auch noch den Winter zu wissen und darf nun den Frühling von allem Anfang an mitmachen.

A. Kippenberg I (11. 4. 1911), 250

Nun glauben Sie nicht, daß ich mich beklage oder daß Paris mich enttäuscht. Im Gegentheil ich finde es wieder so vollzählig und in sich bewegt, so einstimmig mit dem Frühling, aus dem es so viel macht, wie eine schöne Frau aus einem Kleid machen kann, das sie gerne und in einer von sich überzeugten Stunde trägt. Stellen Sie sich vor, Fürstin, daß sich außerdem die wichtigsten Ausstellungen drängen, daß einem die schönsten Ingres gezeigt werden, herrliche Rembrandts, Blätter mit klaren persischen Illuminierungen; daß Maillol draußen in Marly in seinem primitiven Garten seine Skulpturen sehen läßt –, und daß man nicht hinausfahren kann, ohne die Jugend unzähliger Wälder unter den zugeneigten Himmeln zu sehen und Wege, von denen man jeden einzelnen gehen möchte, so rufend sind sie, so leicht scheint es, auf ihnen weiterzukommen, als ob sie wirklich gingen und man sich ihnen nur überlassen müßte, um im nächsten Augenblick weit, ländlich, frei zu sein.

Taxis I (10. 5. 1911), 35

Ja, daß Sie nicht leicht von Paris fortgegangen sind, kann ich mir denken, jetzt zumal, da der Frühling, der sich so merkwürdig mit dieser Stadt versteht, sie noch verführerischer und blühender macht. Aber ich erinnere mich auch, daß es schön war, gegen Norden zu reisen und dann irgendwo auf dem Land einen primitiveren, fast bäuerischen Frühling von Anfang an neu zu beginnen, gleichsam ihm mit der Erfahrung, die man in sich hat, bei seinem ungewissen Wollen und Werden beizustehen. Und überhaupt an einem stillen Platz all das innerlich Mitgebrachte auszubreiten –: das wird nun, vermuth ich und wünsch ich, – Ihre Freude sein.

Nádherný (8. 5. 1906), 7 f.

Sie sind Ihres zögernden und nördlicheren Frühlings nun nicht ganz froh; ich kann es so gut verstehen; die großen und glänzenden Erinnerungen sind stärker als der Frühling um Sie und doch, ich glaube, es wird ein Augenblick kommen, da Sie, erstaunten und gestärkten Auges, in ihm, in seiner unentschlossenen und ein wenig linkischen Haltung, ganz auf seinem Grunde, dasselbe entdecken werden, was Ihnen jene, nun fernen Wunder so kostbar und groß und unvergeßlich macht.

Denn das Äußerste und Tiefste, aus dem die großen Dinge der Kunst gemacht sind, ist in jeder Natur, es wächst mit allen Feldern, alle Lerchen wissen davon, und nichts anderes als *das* bringt die Bäume zum Blühen. Aber es ist verborgen (während es in den Kunst-Dingen hochgehalten wird in athemlose Stille – wie eine Monstranz –) es ist zerstreut und fast verloren (während die Kunst-Dinge es enthalten; aufgesammelt, wiedergefunden, für immer bewahrt), und es ist der schwere, der mühsame, der durch hundert Umstände verstellte Weg unserer Entwickelung, das Große, das seelisch Nothwendige, das Unendliche schließlich auch dort zu erkennen, wo es nicht mit einem Blicke zu erfassen, wo es überhaupt kaum zu nehmen ist, außer in Aschenbrödelarbeit; das Leben ist streng und stiefmütterlich wie die böse Königin des Märchens; aber es fehlen ihm zugleich die lieben fleißigen Kräfte nicht, die dem, der geduldig und gut ist, schließlich die Arbeit thun, die für ihn zu schwer wäre.

Hier haben die Kastanien geblüht in unbeschreiblicher Herrlichkeit, wie Berge mit hundert blühenden Thürmen dastehend in der Abendluft; in den Gärten ist ein Duft von Akazien, und Levkojen und Akeley und all das altmodisch liebe Geblüh steht in den Beeten. Und Paris bewältigt auch diesen reiferen Frühling noch und nimmt ihn in sich auf mit der selbstverständlichen Gebärde Eines, der sicher ist, daß es nichts giebt, was ihm nicht gehörte. Im merkwürdig tiefen Schatten der Squares und auf den Boulevards, im grauen vibrierenden Licht, breiten sich ungeheure Blumenbestände aus, geräumiger als je, mit weinrothen Knospen runder schwerer, noch geschlossener Pfingstrosen, mit rosa-blonden Pfingstrosen, die schon ein wenig aufgehen und, wie von Guardi gemalt, in den Reflexen schimmern, die die Luft den Dingen in Venedig giebt, und weiße Pfingstrosen, die wie die lichten Konfirmandinnen aussehen, denen man nahe bei Saint-Sulpice begegnet, (so eingehüllt in ihre immer weißen Blätterkreise). Und Nelken, weiß und rosa, wie aus Watteau'schen Bildern und die beginnenden Rosen ...

Nádherný (3. 6. 1906), 8 f.

Vorige Woche hatte ich Nachrichten und Blumen aus Cannes, die mich so recht vermissen ließen, was dort alles schon an Herrlichkeit zu jedem Tage gehört. Unsere Sonne im Wallis, zwar recht warm und wohlwollend, hat es doch mit einer lange noch verschlossenen Landschaft zu thun, in der bei weitem noch nicht aller Schnee nachgegeben hat.

Taxis II (23. 2. 1924), 789

Der Frühling. Das Wallis ist kein Land, wo er recht zu Atem kommt, zu seiner eigentümlichen Tiefe, für die sein Zögerndürfen die Voraussetzung ist. Die im März schon zu heftige Sonne zieht alles Wachstum, wie mit Pfropfenziehern, aus der grauen, harten Erde. Und dann hat dieses Klima den fürchterlichen Aberglauben, keinen Regen zuzulassen; es ist in einem Grade regen-scheu, wie ich es nicht für denkbar gehalten hätte; jedes Mittel, Regen zu vereiteln und zu zerstreuen, ist ihm recht, – im Sommer hat das manchmal sein Angenehmes, daß man ums Naßwerden fast immer herumkommt –, aber *jetzt*, wo es still und fruchtbar zu regnen begehrt, lange Briefe, die der Himmel der Erde zu schreiben wünschte, verzweifelt man fast über die täglichen Zörne des Sturms, die das gute Gewölk mit unbeschreiblicher Virtuosität über die Berge schleudern. Das zerrt oft an den Nerven und, mehr noch, an den armen Blumen in den Beeten, die, sinnlos gepeitscht und gezüchtigt, den Kopf verlieren.

Briefe II (Clara Rilke, 23. 4. 1923), 416

DIE NACHT DER FRÜHLINGSWENDE

(Capri, 1907)

Ein Netz von raschen Schattenmaschen schleift
über aus Mond gemachte Gartenwege,
als ob Gefangenes sich drinnen rege,
das ein Entfernter groß zusammengreift.

Gefangner Duft, der widerstrebend bleibt.
Doch plötzlich ists, als risse eine Welle
das Netz entzwei an einer hellen Stelle,
und alles fließt dahin und flieht und treibt ....

Noch einmal blättert, den wir lange kannten,
der weite Nachtwind in den harten Bäumen;
doch drüber stehen, stark und diamanten,
in tiefen feierlichen Zwischenräumen,
die großen Sterne einer Frühlingsnacht.

Werke II, 26

LIED VOM MEER

Capri. Piccola Marina

Uraltes Wehn vom Meer,
Meerwind bei Nacht:
        du kommst zu keinem her;
wenn einer wacht,
so muß er sehn, wie er
dich übersteht:
        uraltes Wehn vom Meer,
welches weht
nur wie für Ur-Gestein,
lauter Raum
reißend von weit herein ...

O wie fühlt dich ein
treibender Feigenbaum
oben im Mondenschein.

Werke I, 600 f.

Laß einen Tag, der zögert vor dem Regen
und dessen lautloses Sichumdichlegen
nur dann und wann ein Hahnruf unterbricht,
laß einen solchen Tag dein Angesicht

hinhalten vor das frohe Rosasein
der kleinen Pfirsichbäume das wie ein
Weinen aus Freude ist
still überfließend.

Werke II, 343

Und hier, um mich, ist Rom (das Sie grüßt), Rom, das seine Blütezeit hat, mit vollhängenden Glyzinen, mit täglich tausend neuen Rosen, mit allen seinen schönen Brunnen, die wie das ewige Leben sind, gleichmütig neu, ohne Alter, ohne Erschöpfung.

Mitten im Lesen (Marietta von Nordeck zur Rabenau, 14. 4. 1910), 213

Drei Tage lag hier etwas vom Frühling in der Luft, dann kam letzte Nacht der volle Mond und hielt den Welt-Raum weit offen, Welt-Kälte strömte herein, heute windets, wölkts und weiß nicht, was es dürfte –, wir müssen noch warten. Frühling, Frühlinge –, früher (wie oft ich dieses Wort muss vornehmen) früher waren die in Paris unter den wunderbarsten, die ich kannte, oft in den freigebigsten Ländern entging mir das Fühlen hier herüber, wenns April wurde stand ich Orangenbäumen zerstreut gegenüber und dachte, nein athmete hierher. Frühling in einer Landschaft ist leicht, aber Frühling in einer Stadt. Ich weiß nur zwei, die's können, ihn *an sich* haben, als ob er überall aus ihren brautblassen Mauern bräche, als ob ihre Fenster ihn erst fingen, den Unsichtbaren, mit ihren Spiegeln und Hereinwürfen in die nahe fühlbare Welt (Rom nimmt ihn groß an sein Herz, Rom ist gerührt, Rom giebt ein Fest, Rom, wenn er über die Campagna herüberkommt, schon müde vor lauter Gefühl, – Rom nimmt ihn auf wie der Vater den verlorenen Sohn), aber nur von zwei Städten erfuhr ich, dass sie von ihm durchdrungen sind, dass in ihrem Pflaster, in den Häuserfronten, in dem auf einmal nicht mehr kalten Geländer der Brücken keine Stelle ist, die ihn nicht heimlich hat eingesagt bekommen, die ihn weiß, und die ihn, auf die leiseste Frage in der Luft, morgen wird antworten können, jede, jede ohne Fehler das ganze Gedicht –: Moskau, das ihn eingesteht, wie ein Bauernkind die Schöpfungsgeschichte, die es gut auswendig kann, – und Paris, Paris, das ihn dem Licht in die Augen wirft wie den Blüthenstaub aller Liebe, die sich, seit den Tagen Abälard's, in ihm entzückt und verschwendet hat.

Jetzt ist mir *der* Frühling der fühlbarste, den ich vom südlichen Italien her wusste und vor dem ich, genau vor einem Jahr, in der südspanischen Berglandschaft stand, namenlos fühlend. Dort, wo man die Sonne den ganzen Winter über nicht nur als Bild gegenwärtig hat, sondern in kaum verminderten Einwirkungen begreift man nicht so sehr aus ihr das unaufhaltsame Glück, das sich ereignen will, sogar sieht man ohne zu große Lust die Fortschritte einiger kleiner Mandelbäume und die zunehmende Prahlerei des Himmels, aber lass nur unvermuthet einen lauen verdeckten Tag kommen, horch, wie von früh an ein Gefühl *mehr* ist in den Vogellauten, wie sie dunkler geworden sind, sich fast ernst abheben, sich rein hinmalen in die weiche Stille; tritt hinaus: fast mit der Schonung die Du von der Innenseite Deiner eignen Lider kennst, ruht das Grau Dir an das Aug, fast wie Schlaf; und da erst wird Dir der Bäume, über Nacht blühenderes, Rosa zum Wunder, da es *stark* ist vor der Unscheinbarkeit des verhaltenen Regens, stark aus Seeligkeit (gar nicht überschwänglich) und nun stell Dich so, dass es die Erde zum Hintergrund hat, sieh: unsere, die schwere bereitete mühsame Erde: auch so ist es noch stark, das Rosa –, anders stark, wie man stark ist, wenn man nicht weinen will.

(Stellen aus meinem Taschenbuche, geschrieben vor einem Jahr in Spanien, angesichts der Mandelbäume):

Die Mandelbäume in Blüthe: alles, was
wir hier leisten können, ist, sich ohne Rest er-
kennen in der irdischen Erscheinung.
Unendlich staun ich euch an, ihr Seeligen, euer Benehmen,
wie ihr die schwindliche Zier traget in ewigem Sinn.
Ach wer's verstünde zu blühn: dem wäre das Herz über alle
schwachen Gefahren hinaus und in der großen getrost.

(Und ein paar Tage später, dies):

Die kleinen Vögel in den Stein-Eichen, nicht-
mehr Prosa redend, dichten schon ein wenig. Wie
ein leichtes Wasser plätscherte dem einen das Herz.
Woher die Innigkeit der Kreatur? –
An einen Stern gelehnt, dies zum Ereignis
nehmen. Daran glauben. – Am Bach
Sumpfdotterblumen gepflückt, fast grün
ein wenig ganz neues Gelb im letzten
Augenblick in den Kelch hineingemalt. Im
Innern, um die Staubgefäße herum, ein
ölgetränkter Kreis –, als hätten sie Butter
genascht. Grüner Geruch aus den schlauchigen
Stengeln. Ihn dann in der Hand zurück-
geblieben finden, durch ihn recht verwandt.
Freundinnen, einst in der Kindheit, mit ih-

ren heißen Händen ... war es dies, was
einen so rührte? ....

Hattingberg (9. 2. 1914), 64-66

»Einst«, hauchte der Dichter und machte eine Bewegung mit der Hand, mit welcher er dieses Einst noch weiter zurückdrängte, »einst war das vielleicht so, wie es in alten Gedichten steht – der Frühling: ›Licht und Liebe und Leben‹. Wer das noch glaubt, belügt sich.« Er seufzte tief.

Wie schade, dachte der Maler, also kein Frühling mehr.

Machal aber erhob sein Gesicht, das durch große Sommerflecken entstellt war, hoch in das klare Nachmittagslicht und konnte durch das Fenster gerade die Rampe des Nationaltheaters sehen, längs welcher ein Schutzmann auf und nieder ging. Das wollte er nun gerade niemandem zeigen, allein er sagte gleichwohl:

»Schaut nur hinaus. Dieser Kampf mit den blöden brachen Schollen, den jeder der feinen schwachen Keime kämpfen muß, um zu seinem Sommer zu kommen. Hier«, und er schraubte sich noch ein wenig höher – »steht die hilflose Blüte und will blühen; das ist das einzige, was sie kann, sie kann nur blühen, und sie will wirklich niemanden stören damit, und doch sind alle gegen sie: die schwarzen Krumen, die sie nur nach langem Bitten durchlassen, die Tage, die wahllos Wärme und Regen und Wind auf sie herabstreuen, und die Nächte, die sich langsam an sie heranschleichen, um sie zu würgen mit ihren eisigen Fingern. Dieser feige traurige Kampf, das ist der Frühling.« Machal fröstelte; seine Augen starben. ›König Bohusch‹ sah ihn ganz starr an. Das war etwas sehr Ungerechtes, was der Dichter sagte, schien ihm, und er hatte vieles dagegen im Sinn. Es drängte ihn aufzustehen und hochragend und heiter den Frühling zu verteidigen, der dennoch voll Sieg und Sonne war. Ihm stiegen so viele schöne Gedanken in den Kopf, daß ihm die Wangen ganz warm wurden und er eine Sekunde das Atmen vergaß. Aber ach, was hätte es genützt, aufzustehen; sie hätten es kaum bemerkt, denn Bohusch sah, auf der hohen Samtbank sitzend, fast größer aus, als wenn er stand. Auch seine Stimme hätte kaum bis zu Norinski hinüber fliegen können; bei solchen Entfernungen wurde sie schon ungewiß und flatterte wie ein angeschossener Vogel. Das wußte Bohusch. Und so schwieg er, preßte die Lippen, die wie aus Holz geschnitzt waren, eng aneinander und begann, wie oft als Kind, still für sich mit den vielen goldenen Gedanken zu spielen, ganze Berge und Burgen zu bauen, aus deren schlanken Säulenfenstern seine Träume ihn grüßten. Und er war so reich, daß er jedesmal neue Paläste errichten konnte, von denen keiner einem alten ähnlich sah, und das will etwas bedeuten, da der Kleine über dreißig Jahre diese Beschäftigung trieb, seit seinem fünften Lebensjahre etwan – und sich doch nicht wiederholen mußte. Die anderen sprachen jetzt, während Machal sich gewiß wieder im Absinthglas sitzen fühlte, von lauten Dingen und Alltäglichkeiten in wirrem Durcheinander, und über allem schwebte die Baßstimme des Schauspielers mit ausgebreiteten Flügeln. Bohusch aber dichtete in seiner Ecke an seiner Apologie des Frühlings.

Werke IV (König Bohusch), 102-104

Wer aber die Geschichte der Landschaft zu schreiben hätte, befände sich zunächst hilflos preisgegeben dem Fremden, dem Unverwandten, dem Unfaßbaren. Wir sind gewohnt, mit Gestalten zu rechnen, – und die Landschaft hat keine Gestalt, wir sind gewohnt aus Bewegungen auf

Willensakte zu schließen, und die Landschaft *will* nicht wenn sie sich bewegt. Die Wasser gehn und in ihnen schwanken und zittern die Bilder der Dinge. Und im Winde, der in den alten Bäumen rauscht, wachsen die jungen Wälder heran, wachsen in eine Zukunft, die wir nicht erleben werden. Wir pflegen, bei den Menschen, vieles aus ihren Händen zu schließen und alles aus ihrem Gesicht, in welchem, wie auf einem Zifferblatt, die Stunden sichtbar sind, die ihre Seele tragen und wiegen. Die Landschaft aber steht ohne Hände da und hat kein Gesicht, – oder aber sie ist ganz Gesicht und wirkt durch die Größe und Unübersehbarkeit ihrer Züge furchtbar und niederdrückend auf den Menschen, etwa wie jene ›Geistererscheinung‹ auf dem bekannten Blatte des japanischen Malers Hokusai.

Denn gestehen wir es nur: die Landschaft ist ein Fremdes für uns und man ist furchtbar allein unter Bäumen, die blühen, und unter Bächen, die vorübergehen. Allein mit einem toten Menschen, ist man lange nicht so preisgegeben wie allein mit Bäumen. Denn so geheimnisvoll der Tod sein mag, geheimnisvoller noch ist ein Leben, das nicht unser Leben ist, das nicht an uns teilnimmt und, gleichsam ohne uns zu sehen, seine Feste feiert, denen wir mit einer gewissen Verlegenheit, wie zufällig kommende Gäste, die eine andere Sprache sprechen, zusehen.

Werke V (Worpswede), 10 f.

Da ist es nun ganz herrlich, daß in diesen Wochen niemand etwas Außerordentliches von mir verlangt, der Saal und seine gleichmäßig langen Tage geben mir alle Freiheit für jene unscheinbare Thätigkeit, die sich bis ins Innerste zurückzieht. Urtheile ich nach der Freude, die ich für's Lesen aufbringe, so meine ich doch, es müsse, unter soviel Trägheit, sich etwas in mir rühren; augenblicklich ersetzt mir die Lektüre fast alle Bewegung und, wo sie anfängt, mich zu ermüden, thut der Ausblick aus meinen Fenstern ein Übriges: mir ist, als hätte ich bis jetzt nur das fast unbewegliche Gesicht der Landschaft gesehen, so schön es auch schon konnte gewesen sein. Die eigenthümliche Bewegung, Bewölkung und Veränderung der Himmel bringt nun in dieser mir schon bekannten Weite unaufhörliche Vorgänge hervor –, allein schon während dieser wenigen Zeilen, was hat sich alles begeben! Ich würde heute nicht ausreichen, es Ihnen zu beschreiben; eben treibt ein rascher Sturm den Regen aus dem Westen herüber, kurz zuvor war die Sonne da und strahlte in die Ferne hinaus, während alles Nähere schon unter dem großen Wolkenschatten versammelt lag, von einem Ernst überzogen, der die Verfassung der vielen blühenden Kirschbäume noch unschuldiger erscheinen ließ.

Schweizer Freunde (Dory Von der Mühll, 4. 4. 1920), 63 f.

Was wir Frühling fühlen, sieht Gott als ein flüchtiges, kleines Lächeln über die Erde gehen. Sie scheint sich an etwas zu erinnern, im Sommer erzählt sie allen davon, bis sie weiser wird in der großen, herbstlichen Schweigsamkeit, mit welcher sie sich Einsamen vertraut. Alle Frühlinge, welche Sie und ich erlebt haben, zusammengenommen, reichen noch nicht aus, eine Sekunde Gottes zu füllen. Der Frühling, den Gott bemerken soll, darf nicht in Bäumen und auf Wiesen bleiben, er muß irgendwie in den Menschen mächtig werden, denn dann geht er, sozusagen, nicht in der Zeit, vielmehr in der Ewigkeit vor sich und in Gegenwart Gottes.

Werke IV (Geschichten vom Lieben Gott), 346

Und in der ganzen Frührenaissance ist etwas von dem Wesen des blonden Jünglings. Eine keusche Kühle ist in ihren Madonnen und die herbe Kraft junger Bäume in ihren Heiligen. Die Linien sind alle wie Ranken, die in feierlicher Schweigsamkeit irgend etwas Heiliges umschließen, und die Gesten der Gestalten sind zögernd, lauschend, einer zitternden Erwartung voll. Sie sind alle von der Sehnsucht geweiht, aber jung in all ihrem Tun, finden sie innerhalb dieser Sehnsucht kleine, leise beglückende Ziele und rasten bei ihnen wie vor den Symbolen einer anderen tiefen Erfüllung. Sie empfinden eine Fülle von Ewigkeiten, und weil sie nirgends bis an die Grenzen gehn, finden sie nirgends Schranken. Sie haben einen stillen und strengen Willen in sich, aber es ist derselbe Wille, der in den weichen Winden wirkt, und so müssen sie niemals Bewegungen wagen, die heftig und hastig sind. Sie sind so ganz eins mit ihrer Zeit, das macht sie schön. Und sie sind weder hart noch bang; denn weder haben sie sich diese Zeit erzwungen, noch sind sie ihre zufälligen Früchte. In einem steten Verkehr, in williger Hingabe und liebevollem Erraten haben sie eines im andern sich gebildet und erzogen und ranken eines am andern hinan zu derselben Seligkeit. Alle ermattenden und entmutenden Kämpfe nach innen fehlen, und die Kräfte vereinen sich versöhnt in einem einzigen, breiten, geduldigen Strebestrom. Das war der Frühling. Es kam noch kein Sommer seither; und wenn auch alle recht haben, die diese Renaissance für unwiederbringlich halten, vielleicht darf unsere Zeit den Sommer beginnen, der zu diesem fernen und festlichen Frühling gehört, und langsam zur Frucht entfalten, was sich damals in der weißen Blüte schon vollendete.

Tagebücher, 60 f.

Schon bricht das Glück, verhalten viel zu lang,
höher hervor und überfüllt die Wiese;
der Sommer fühlt schon, der sich streckt, der Riese
im alten Nußbaum seiner Jugend Drang.

Die leichten Blüten waren bald verstreut,
das ernstre Grün tritt handelnd in die Bäume,
und, rund um sie, wie wölbten sich die Räume,
und wieviel morgen war von heut zu heut.

Werke II, 163 f.

Nachwort

Rainer Maria Rilke nahm den Frühling persönlich wie kaum ein anderer Dichter. Nach dem Winter als Zeit zurückgezogenen Schaffens bedeutete ihm der erste Vogelruf und das erste Sprießen im Garten eine Öffnung des jungen Jahres, vor der er sich selbst nicht verschließen wollte. Diesen Anspruch vor sich, einen anhebenden Frühling »mitmachen« zu wollen, ihn »wie einen Beruf« auf sich zu nehmen, empfand Rilke je nach seiner inneren Lage manchmal als Ermutigung und manchmal geradezu als eine Zumutung. In diesem Fall sehnte er sich danach, in seiner Arbeit »noch zugedeckt zu bleiben wie ein Winterbeet«, er nahm »Anstoß« am Lockruf des Frühlings, von dem er sich nicht »verführen« lassen wollte, und er wünschte, daß dieser sein Zufrühkommen noch »bereuen« möge.

Für diesen Dichter war »Frühling« mehr als nur Metapher und Projektionsfläche innerer Vorgänge. Rilke war ein getreuer Beobachter jeden Ausdrucks der Jahreszeit – vom Kuckucksruf über einen auf den Rücken gefallenen Marienkäfer bis zu den Stiefmütterchen in einem Frühlingsbeet, die beizeiten zu früh aus der Erde kommen »wie Kinder, die ausgeschlafen haben und durchaus nicht mehr im Bett bleiben wollen«. Dabei war Blume ihm nicht gleich Blume, Vogelruf nicht gleich Vogelruf. So lesen wir nicht nur, mit welchem Grundton der Kuckuck auf den Frühling einstimmt – auf seine »zerstreute und verschwenderische Art« »wagrecht ins Jahr hinein« –, sondern auch, wie die Amsel »tief und versonnen« singt, und wie Fink, Meise, Lerche, Specht und Nachtigall das neue Jahr begrüßen.

Die Erscheinungen des Frühlings erwecken in Rilke eine Sehnsucht nach inniger Verbundenheit mit der Natur, machen ihm aber auch immer wieder eine tiefe Entfremdung fühlbar, so als wäre ein uraltes Verständnis zwischen Mensch und Natur verloren gegangen: »Ach zwischen mir und diesem Vogellaut: was war verabredet?« Kinder leben vielleicht noch manchmal in einer inneren Einheit mit der Welt, aber schon Jugendliche merken bald die Gleichgültigkeit der Natur ihnen selbst gegenüber – spätestens bei den ersten Liebesleiden, wenn sie auf einen herrlichen Frühlingstag fallen.

Frühling, das ist für Rilke schließlich auch das Osterfest, das er in seiner ganzen Tiefe und Breite heraufbeschwört vom Gedicht über die Einsamkeit Christi im »Ölbaum-Garten« Gethsemanes bis hin zum launigen Brief über Ostereier-Suche an seine Tochter Ruth. Wer hätte gedacht, daß der spätere Autor der »Duineser Elegien« sogar die Verse eines Ostergedichtes in Ei-Form trimmte, auf daß sie ein ausgeblasenes Osterei schmücken können?

So mögen die vorliegenden Texte als Einladung an den Leser verstanden werden, sich mit und durch Rilke ganz persönlich auf den Frühling einzulassen. Diese Verführung durch den Frühling beschreibt Rilke in einem der vielen großartigen, aber bisher wenig beachteten Texte, die diesen Band ausmachen – einem Anruf an einen Schmetterling (S. 56). In der Betrachtung eines Schmetterlings bei seinem Flatterflug durch einen Apriltag fühlt der Dichter auf einmal, wie sein Blick, dem Schmetterling wie ein Faden folgend, mit in den Tag eingewebt wird. Und er gibt nach und läßt sich's gefallen und wird ganz Teil des Frühlingstages:

> Doch nun hast du meines Blickes Faden
> eingezogen ins Aprilgeweb,
> und ich tu dem frohen Teppich Schaden,
> wenn ich noch im Webstuhl widerstreb.

Einen Frühlingsteppich aus Rilke-Gedichten, -Briefen und -Erzählungen soll auch diese Anthologie darstellen, auf daß der Leser bei seiner Lektüre noch manchen eigenen Lese-Faden kreuz und quer hineinweben möge.

Thilo von Pape

Verwendete Ausgaben mit Kurztiteln

Andreas-Salomé · Rainer Maria Rilke – Lou Andreas-Salomé: Briefwechsel. Herausgegeben von Ernst Pfeiffer. Frankfurt am Main 1975

Briefe I, II · Rainer Maria Rilke: Briefe. Herausgegeben vom Rilke-Archiv in Weimar; in Verbindung mit Ruth Sieber-Rilke besorgt durch Karl Altheim. Wiesbaden 1950

Hattingberg · Rainer Maria Rilke: Briefwechsel mit Magda von Hattingberg. Herausgegeben von Ingeborg Schnack und Renate Scharffenberg. Frankfurt am Main und Leipzig 2000

Heydt · Rainer Maria Rilke: Die Briefe an Karl und Elisabeth von der Heydt. 1905-1922. Herausgegeben von Ingeborg Schnack und Renate Scharffenberg. Frankfurt am Main 1986

Key · Rainer Maria Rilke – Ellen Key: Briefwechsel. Herausgegeben von Theodore Fiedler. Frankfurt am Main und Leipzig 1993

A. Kippenberg I, II · Rainer Maria Rilke: Briefwechsel mit Anton Kippenberg. 1906-1926. Herausgegeben von Ingeborg Schnack und Renate Scharffenberg. Frankfurt am Main 1995

K. Kippenberg · Rainer Maria Rilke – Katharina Kippenberg: Briefwechsel. Herausgegeben von Bettina von Bomhard. Wiesbaden 1954

Mitten im Lesen · Rainer Maria Rilke: Mitten im Lesen schreib ich Dir. Ausgewählte Briefe. Herausgegeben von Rätus Luck. Frankfurt am Main und Leipzig 1996

Münchhausen · Rainer Maria Rilke: Briefwechsel mit Thankmar von Münchhausen. 1913-1925. Herausgegeben von Joachim W. Storck. Frankfurt am Main und Leipzig 2004

Nádherný · Rainer Maria Rilke – Sidonie Nádherný von Borutin. Briefwechsel 1906-1926. Herausgegeben und kommentiert von Joachim W. Storck. Göttingen 2007

Nostitz · Rainer Maria Rilke – Helene von Nostitz: Briefwechsel. Herausgegeben von Oswalt von Nostitz. Frankfurt am Main 1976

Schweizer Freunde · Rainer Maria Rilke: Briefe an Schweizer Freunde. Erweiterte und kommentierte Ausgabe. Herausgegeben von Rätus Luck. Frankfurt am Main und Leipzig 1994

Tagebücher · Rainer Maria Rilke: Tagebücher aus der Frühzeit

[1942]. Herausgegeben von Ruth Sieber-Rilke und Carl Sieber. Frankfurt am Main 1973

Taxis I, II · Rainer Maria Rilke – Marie von Thurn und Taxis: Briefwechsel. Herausgegeben von Ernst Zinn. Wiesbaden und Zürich 1951

Vollmoeller · Rainer Maria Rilke – Mathilde Vollmoeller: Briefwechsel. Herausgegeben von Barbara Glauert-Hesse. Frankfurt am Main und Leipzig 2005

Werke I, II, III, IV, V, VI: · Rainer Maria Rilke: Sämtliche Werke. Herausgegeben von Ernst Zinn. Bände 1-6, Wiesbaden, später Frankfurt am Main 1955-1966

Wunderly I, II · Rainer Maria Rilke: Briefe an Nanny Wunderly-Volkart. Herausgegeben von Rätus Luck. Frankfurt am Main 1977

Die arabischen Ziffern am Ende der Stellenangaben im Text geben die Seitenzahlen an.

Endlich Frühling!

Die Tage werden wieder länger, die Sonne blinzelt um die Hausecke, die ersten Tische vor den Cafés sind besetzt und die Winterjacken bleiben im Schrank. Endlich Frühling! Die winterliche Häuslichkeit weicht dem Drang, jede freie Minute draußen zu verbringen. Die Blätter der Bäume treiben aus, die Tulpen und Krokusse färben Beete, Parks und Blumenvasen und wecken als untrügliche Vorboten die Freude auf das nahende Osterfest.
Von Frühlingserwachen und Frühlingsgefühlen erzählen die Geschichten in diesem Band …

Endlich Frühling. Ausgewählt von Patrick Hutsch. insel taschenbuch 4104. Etwa 180 Seiten

NF 111/1/11.11

Eine Wanderung durch Hesses Werk auf den bunten Spuren des Frühlings

»Es war Frühlingsbeginn. Über die runden, schöngewölbten Hügel lief wie eine dünne, lichte Welle das keimende Grün, die Bäume legten ihre Wintergestalt, das braune Netzwerk mit den scharfen Umrissen, ab und verloren sich mit jungem Blätterspiel ineinander und in die Farben der Landschaft als eine unbegrenzte, fließende Woge von lebendigem Grün.«
Hermann Hesse

Der »unendlich schöne« Frühling inspirierte Hermann Hesse zu einer Vielzahl an Gedichten und Betrachtungen, in denen er über den Zauber und die geheimnisvolle Aura des Frühlings sinnierte.

Hermann Hesse, Frühling. Ausgewählt von Ulrike Anders. insel taschenbuch 4117. Etwa 120 Seiten

NF 109/1/11.11

Süchtig nach Grün

Gärtnern, die große Leidenschaft, treibt unterschiedliche Passionsblüten: von Menschen, die mit Lust im Sand und in der Erde wühlen, und anderen, die lieber fremde Gärten bewundern. So schwärmt Maurice Maeterlinck für Orchideen, Gertrude Jekyll erfreut sich an prachtvollen Farbeffekten im Staudenbeet, Eva Demski hofft, daß die Samen aus den Lügentütchen in ihren Blumentöpfen aufgehen, René Schickele betet seine Pfingstrosen an, und Lady Wardington geht eifrig auf Maulwurfjagd.

Leidenschaftliche Gärtner. Ausgewählt von Elsemarie Maletzke. insel taschenbuch 4114. Etwa 180 Seiten

NF 108/1/11.11

NF 110/1/11.11

Die fabelhafte Welt des Jean-Marie

Eigentlich will Jean-Marie zur See fahren. Aber dann improvisiert er für eine englische Baronin eine Mahlzeit. Und die trägt ihm eine Empfehlung an ein altehrwürdiges 3-Sterne-Restaurant in Paris ein. Dort tafeln Aristokratinnen und Anarchisten, große und kleine Ganoven, Mätressen und Maharadschas. Noch interessanter geht es aber in der Küche zu – hier begegnet Jean-Marie der wahren Liebe seines Lebens.

Köstlich und leicht wie ein Soufflé, lebensklug und witzig wie ein Tischnachbar im Paradies: die Geschichte eines jungen Mannes, der nach Paris kommt und dort leben, lieben und kochen lernt – nur nicht in dieser Reihenfolge.

Idwal Jones, Die Sterne von Paris. Ein Roman der kulinarischen Abenteuer. Aus dem Englischen von Andrea Fischer. insel taschenbuch 4021. 223 Seiten